已毒不悔

九把刀Giddens：編導

〔自序〕

比成為一個厲害的人，更重要的事

幾個月前，我跟陳文茜在一個節目上對談，對談之中不知道怎麼談到權貴兩字，我半開玩笑說，仇視權貴是我們這些賤民的小確幸。

陳文茜馬上質疑，我賺了這麼多錢，我不也是權貴之一嗎？

當時我愣住了。老實說一輩子沒想過這種觀點會超級忽然出現在我身上。

我完全沒想過我是權貴，或者竟然有一天我會被認為是權貴，我甚至忘了當時我是怎麼反駁的。

後來我想了很多。

大概我覺得自己來自一個非常平凡的彰化小家庭，而我不管是讀書（後來啦）或創作都非常努力。也許，或許，多半，是這兩點讓我一直覺得自己不是權貴吧，可是，我又難以認為自己今天的小小成就完全來自於所謂的「努力奮鬥」。

所謂的事業成功人士很少會提到，或很少願意承認，人生中很多東西不是憑藉著累積努力就可以換取。

比如天分。

我的物理就毫無天分，只憑興趣是無法讓我成為物理學家的。

我喜歡看籃球比賽，但真的下場時我就是一坨悲劇的屎，大家都不想加我隊友。

但我在「靈機一動」上擁有的天分，恐怕無法拿來鼓勵創作界的同好，勤勞寫作是有助於文筆的進步，但我始終無法好好說明「為什麼我常常靈光乍現」，我在公園遛個狗，只要不一邊玩手機，遛一趟至少遛出一個好點子，我跟朋友吃一頓飯，打個麻將，只要稍微熱鬧點，我就能聊出一個好故事。

又比如機運。

一個擁有無窮潛力的演員終生遇不到好導演的例子比比皆是。

一個手上拿著超級劇本的編劇在歷經千辛萬苦後，即使能遇到慧眼識英雄的電影製片，也不見得能遇到有足夠才華將劇本發揮到極致的好導演，好劇本都能拍成屎，例子太多。

在我書賣很爛時，出版社還願意讓我寫一本就出版一本，這也是我遇到貴人。

我第一次拍電影就遇到非常棒的年輕團隊跟天才演員，這也是我的運氣好。

真的，單純運氣好，這要怎麼複製？要怎麼說嘴？

只能說「等待」的時間一拉長，「好事發生」的機率就忍不住高一點吧。

說到幸運的極致，莫過於幸運的投胎了。

許多人在精蟲階段就已經輸給權貴人家太多太多東西。

權貴人家可以用比較多的資源去突破子女人生上的盲點，花錢學鋼琴沒天分就改學小提琴，小提琴也拉不好不如就學個畫畫，畫畫不行就跳舞，跳舞不行就語言，就連遊戲都有專門的老師教，潛能開發之類，台灣教育制度不合適就送出國，沒有本事留學，至少有錢遊學，連遊學的名義乾脆也不想要了的話，只是花錢踏遍多國旅行至少也豐富了人生視野！

沒錢當然也能出國見識，但就是要認真存錢吧！

不想慢慢存錢就要爭取獎學金，但拚獎學金也要有那個腦有那個成績，說過了有那個腦常常也關乎天分，只是讀書特別有天分的人往往也很喜歡強調努力也很重要罷了。

有錢人在這點上真是完全不吃虧，只有孩子願不願意，想不想去，沒有孩子有沒有錢的問題。

七索：「挨打的本事，又豈是你們這些高高在上的武功高手能夠明白的？」

人生真的有很多的不公平。

這種不公平，並不是一定要用批判的角度去仇視權貴，正如同我在創作上特別有天分，我同樣不想為此遭批判一樣。

我只是覺得，當許多權貴在批判年輕人不思進取、只會抱怨、為什麼不肯吃苦耐勞時，有沒有想過，或許事情的真相並不是年輕人不夠努力，不夠積極，不夠任勞任怨。

真的，並不是每個人都有那種天分，有那種機運，有那種好家世，在尋常人家長大的普

通孩子，這些只能靠著持續努力累積點滴成果的人，也想擁有好人生，
——也值得擁有好人生。
但面對竭盡所能存一輩子的錢也負擔不起的房子，這些年輕人忿忿不平，不也很正常嗎？
擁有才華，擁有好機運，擁有好家世的人，應該做的，不是要求沒有這三樣東西的人埋頭苦幹為他們一輩子都買不起的房子更努力。
而是——

貢獻你的力量去幫助這個社會更加公平正義。
給予這個社會的更弱勢真正的溫暖。
讓社會更平衡。
讓社會的階層流動更透明。
讓沒有資源的角落不絕望。
幫無法替自己說話的人發聲。
有錢，就捐錢。
有力，就出力。
有想法，就出想法。

有影響力，就點燃影響力的燈火。

你是立委，就在法案上大刀闊斧，讓制度更能實現公平正義，不要讓法律成為階級複製的工具，更非窮盡所能修法只為了讓自己更難被罷免。

你是縣市長，就該認真建設讓地方繁榮，卻又不失溫柔的心，在追求地方經濟成長之餘又悉心呵護大家成長的環境，而非濫花公帑把自己的臉或詩印在一大堆鍋碗瓢盆馬克杯上大放送。

不然，你真是辜負了身上所擁有的幸運。

所以，

別再叫我，身為一個作家，就好好專心寫作別管這麼多事了。

我就是因為自己很幸運可以當一個作家，所以，我才無法只是好好當一個作家。

我的筆，我的聲音，不是只是可以拿去賣書賣電影而已。

我想，告訴大家更多的可能。

比如說——

也許你的才能不足，沒辦法變成一個很厲害的人。

也許你的運氣不好，沒辦法遇到一個讓你閃閃發光的好機會。

也許我們沒有誕生在可以供給我們豐沛物質資源的家庭。

BUT，

人生中最重要的就是這個 BUT，
BUT 有一件事你可以真正的選擇。
你可以成為一個願意關心別人的人。
你可以成為一個願意對周遭付出的人。
你可以成為一個願意勇敢戰鬥的人。
你可以成為，總是能夠把朋友聚在一起的，那一個人。
成為一個讓人一眼看到你就開心的人，
比成為一個厲害的人，還要重要。
很多比你擁有更多更多更多的人，他們竟然都不是這樣的人，
但，只要你願意，你就可以是。
我真心希望大家能收下我，這一段話。

九把刀

giddens

願望

插圖◎查理宛豬

在沙灘尋找貝殼時，女孩撿起了那盞油燈。
她並不知道發生了什麼事，只看見油燈裡縷出白色的煙霧。
就如一百篇童話裡形容的那樣，白色的煙霧幻化成巨大的精靈。
她瞪大眼睛，這真是不可思議的魔術。
「主人，神燈精靈聽候差遣。」精靈躬身。
「我不是你的主人。」女孩搖搖頭。
「誰將我從神燈裡解放出來，就是我的主人。我將為妳實現三個願望。」
精靈恭謹，單膝跪在沙灘上。
「不論是誰，知道你被困在這盞燈裡，都會將你解放出來的。任何人都不能給你本來就有的東西，比如說，自由。」
女孩拍拍精靈的膝蓋：「我不值得你回報三個願望，也不需要你回報三個願望。」
神燈精靈感到訝異，這是他從未聽過的答案。
八百年了，沒有人可以抗拒得了三個願望。
「難道妳沒有想要的寶物？追求的美夢？」精靈不解。
「在遇見你之前，我正在浪裡尋找傳說中，藏著一道彩虹的貝殼。」
女孩低著頭，眼睛還在沙灘上尋尋覓覓。
「如果妳開口，我可以給妳一百萬個藏著彩虹的貝殼。」精靈自信滿滿。

「謝謝，不過我很喜歡在浪裡尋找貝殼的感覺。」女孩踢著浪。
「別說一道彩虹，不論是藏著一道夕陽、藏著一道晚風、藏著一道流星的美麗貝殼，只要妳開口，我就能為妳雙手奉上。」
精靈的手輕輕一抹，一道彩虹衝破水面，直射落日。
「還是謝謝。」女孩笑笑，拾起腳邊的貝殼。
沒有藏著彩虹的貝殼。於是又放下。
「那麼！為妳搭建一座絕無僅有，偉大的空中城堡如何！」
精靈大笑，鼓起大肚子用力往天空一吹。
白雲漩渦流轉，幻築出了漂浮在半空中的豪城。
堅固壯闊，富麗堂皇，奇幻得令人讚嘆。
「妳看！它是多麼的偉大！」
精靈大呼，極力推薦：「別人絕對無法擁有，只能被魔法成就出來的美麗城郭呢！」
「我不需要別人無法擁有的東西，特別偉大的東西。」
女孩笑笑：「我只想喜歡，我喜歡的。」
精靈沒有再說話，他只是靜靜地陪著女孩踏浪。
精靈相信，年輕的女孩只是一時迷惑，或是不敢相信自己與願望之間，只有一句輕聲命令的距離吧。

「八百年來，我不知道幫了多少人實現他們的三個願望。」
「人們的願望都是什麼呢？」
「千年取用不盡的財富，永遠甜美的青春歲月，至死不渝的堅貞愛情。」
「共同點都是，永遠呢。」
「妳不相信永遠？」
「永遠並不珍貴，也並不特別。」
「不珍貴？不特別？」
精靈很驚訝。
女孩看著前方的滿天彩霞。
「夕陽每天都有，被所有人共同擁抱，也擁抱所有人。」
是啊……精靈看著夕陽，那是大自然最真誠的永遠。
他的法力足以製造出永恆的夕陽嗎？
這點連精靈自己也不知道。
因為從來就沒有人將珍貴的三個願望，虛擲在人人都可以擁抱的夕陽。
也許，需要感到一點點悲傷。
但在悲傷之前，精靈的職責仍是推銷他的願望魔法。
那是神燈精靈存在的唯一理由。

「七百年前，有個很愛唱歌的乞丐，曾向我許願巨大的財富。當我用力一吹，一百座金山瞬間出現在他面前時，滿山遍野金光閃閃，那乞丐興奮到把喉嚨都叫啞了。」精靈神氣十足。

「如果只是喜歡金山，太陽升起時，整座城市都是金色的呢。」

女孩看著金色的大海，伸手撈起一朵金色的浪花。

精靈怔怔看著女孩手中的金色浪花。

……閃閃發亮呢。

「他的第二個願望呢？」

「因為害怕金山被搶，所以他用第二個願望打造了一百座刀槍不入的大倉庫，將一百座金山鎖在裡面，分別由一百把鑰匙保管。」

「第三個願望呢？」

「他遲遲不肯許，因為他害怕一百座金山也有花完的一天。」

「等到那一天，他就可以把第三個願望用上了。」

「沒錯。」

「故事的最後呢？」

「他連一座金山的萬分之一都還沒花完，就老死在巡邏倉庫的途中，連第三個願望都來不及許呢。還記得他老死之前，我沒聽見他再唱過一次歌，只記得他鑰匙一次又一次插進倉庫鎖孔裡，喀啦喀啦的聲音。」

「許願變成了束縛呢。」

女孩抬起頭，看著海鷗劃過熟透的天際。

精靈咀嚼著女孩的話。

也許財富不是女孩的嚮往，於是精靈想起了另一段故事。

「曾經有個受盡嘲笑的醜女孩，向我許願能夠迷倒眾生的絕世美貌。」

精靈一吹氣，氣裡帶著曾經的回憶。

浪花裡浮現出，一個傾國傾城的美女。

「真美。」女孩讚嘆。

「可不是？成為絕世美女的她開心得不得了，所以第二個願望，自然是永恆的青春。」

精靈得意洋洋：「只有永恆的青春才能留得住絕世的美貌，真是完美無瑕的第二個願望。」

精靈躬身示禮，浪花裡的美女姿態曼妙，昂首舞向天際。

「然後呢？」女孩很關心另一個女孩。

「美女想找一個足以匹配她絕世容顏的男人，於是美女貼出公告，希望想追求她的男人在新年開始的第一夜，都到她的家門口排隊。」精靈閉目回憶。

精靈遙遠的記憶捲進了大海，金色的波浪幻化出那夜排隊的盛況。

「仰慕她美貌的男人都來了，隊伍將整個國家圍了一圈，其中不乏王公貴族、武士英雄、詩人畫家……每個男人見了她的絕世美貌後都驚為天人，不惜一切代價示愛，整個國家的玫瑰都給摘光了。」精靈熱烈推薦永恆美麗的願望。

「結果她選到了真命天子嗎？」

「沒有，一個也沒有。美女覺得沒有人可以匹配得上她的傾城容顏，更沒有人能伴侶她的永恆青春。」精靈似乎有點無可奈何：「在玫瑰叢林裡，美女越來越覺得不對勁。她的美麗是永恆的，卻要選一個註定越來越老、越來越醜的男人作伴，這不是很不公平嗎？」

「她可以將剩下的願望，分給她喜歡的男人啊？」

女孩天真地說：「也許喜歡她的男人，也願意為她許下永恆青春的願望，陪她幾千年幾萬年啊？」

「我也曾經這麼建議過。」

精靈一攤手，金色的幻影再度化為海浪，說：「但一個追求絕世美貌，又執著永恆的女人，怎麼肯將珍貴的第三個願望分享給其他人呢？」

沒有人會在意蝴蝶的過去是醜陋的毛毛蟲。

就連蝴蝶自己，也忘記了過去醜陋的毛毛蟲模樣。

蝴蝶的人生，自然是跟毛毛蟲截然不同的要求。

「結果她許了什麼願望啊？」

「她許了夢。」

「夢？」

「美女許了一百萬個美夢的額度。美女覺得只有在虛幻的夢境裡，才能遇見永遠擁有絕世俊色的男子，那樣的男子才配得上她。」精靈看著火橘的天際。

一隻海鷗慢慢下飛，停在精靈的肩膀上。

「動人的美貌，加上完美的青春，最後卻結束在虛幻的孤獨。」

女孩嘆息，在沙灘坐下。

精靈也坐下，肩上的海鷗慵懶地整理羽毛。

「妳的註解真是殘忍。」

精靈巨大的雙腳被浪淹沒，喟嘆：「好像我為人們所做的，都是沒有意義的戕害。」

女孩笑笑不答。

許久，女孩與精靈分享著落日緩緩的沉默。

「精靈先生，你覺得，什麼是願望啊？」女孩抱著濕漉漉的雙腳。

「願望就是……希望得到的東西。」精靈率直地說。

「那是慾望，不是願望。」女孩若有所思，橘色的風吹過她的長髮。

「兩者之間有什麼分別？」精靈不懂。

他實在是不懂。

「我爺爺說，願望代表了追求，代表著希望。」
女孩微笑看著精靈：「希望可以帶來力量，慾望不行。」
「那慾望呢？慾望不能帶來力量嗎？」
「慾望只能帶來更多的慾望，這是剛剛聽的兩個故事告訴我的。」
是嗎？這就是慾望嗎？
精靈看著自己巨大的雙手。
精靈想起了，八百年前的三個願望。
以及，一個埋在深深沙海裡的老故事。
「從前從前，有一個住在沙漠村莊裡的男人。」
精靈雙手一抹，無數海市蜃樓拔地而升，將時空帶回遙遠的八百年前。

黃沙滾滾，仙人掌綠了一片洲。
一男，一女。
「男人深深愛著與他從小一起長大的女人，但女人卻一點也不愛他，她說，他們只是朋友。不管男人怎麼苦苦追求也沒有回應，女人只說，她對男人沒有愛情的感覺。」精靈的眼睛裡浮現出那女人的樣子。
那樣子既模糊，又清晰地彷彿昨夜才愛過。

「那怎麼辦？」女孩不懂愛情，但她懂得用心聆聽。

「男人也不知道該怎麼辦。自己深深喜愛的女人，卻對自己沒有一點情愫，這件事不只難以理解，還很可怕。」精靈彎腰，掏起了一掌沙。

沙子裡，炙滿了痛苦。

因為沒有愛。

「有一天，城裡來的駱駝商隊經過了那片綠洲，得到綠洲裡的村莊熱烈地招待。突如其來地，僅僅只一個眼神，女人就愛上了商隊裡的英俊商人。」

精靈看著海市蜃樓裡的女人。

女人的眼睛裡盡是愛情的顏色。

這個世界上，竟有苦苦痴纏也無法企求，但別人一個眼神就可以換到的愛情。

殘酷的事實，猶如荊棘一樣蔓刺進男人的靈魂裡，無法掙脫。

「三天後，女人就要嫁給了英俊商人。男人心裡痛苦無比，只能在沙漠裡毫無目標地走了一整個晚上，希望自己就這樣渾渾噩噩走到生命的盡頭。」

精靈說，肩上的海鷗啄食著他巨大的耳朵。

「真可憐。」女孩努力想像著，失去愛情的痛苦。

「走著走著，男人的雙腳幾乎被沙塵淹沒，體力不支，最後終於倒在星夜之下。」

精靈輕輕一吹，寂寞的夜色降垂。

既是巧合也是命運，男人在沙海裡，發現了一只破舊的油燈。
輕輕一擦，油燈裡浮霧出紫色的清煙，清煙化作一個巨大的神燈精靈。
「原來，這個世界上不只一個神燈精靈。」女孩驚呼。
「還記得，那個沒有名字的遠古精靈，按照無法追溯的約定，邀請了男人許下三個願望。」
精靈平靜地看著沙漠裡，那記憶中的男人匍匐在遠古神燈精靈的腳下。
為愛受盡痛苦的男人，絲毫沒有任何猶豫，就開口了第一個願望。
「精靈大神，請讓我心愛的女孩，永遠失去對未婚夫的愛……一輩子也無法重拾對他的愛情。」男人乾熱到幾乎綻裂的喉嚨，委屈地嘶吼著。
「主人，這是多麼可怕的願望！主人的願望改變的將不是主人自己，還影響了其他人的人生，主人必須仔細思考這種願望帶來的後果。」遠古精靈嘆息。
「什麼後果都比現在快樂百倍！」男人像獸一樣蜷曲著身體，顫抖著。
顫抖，不知道是為自己的願望感到羞恥，抑或是萬分委屈。
「那麼，第二個願望呢？」遠古精靈哀憐俯視他脆弱的主人。
「精靈大神，請讓全世界除了我之外的男人，都無法對我心愛的女孩產生愛情，讓我對女孩的愛情獨一無二！」男人渴求的面目，猙獰地吹動周圍的沙。
果然如此，這個世界的所有人，都希望自己的愛情是獨一無二的存在。

彷彿只有當自己的愛情是完全特別的，那份愛，才有了真正的重量似的。

第三個願望呢？遠古精靈已經猜到。

因為這幾百年來他遇過的每個主人，都是慾望的容器。

「最後，請讓我心愛的女孩瘋狂愛上我，對我的愛情堅貞如日，至死不渝。」

男人的眼睛綻放出奇異的色彩，那是強大慾望的投射。

佔據所有一切的，慾望。

「主人的三個願望將得到應許，但由於主人的願望就好像無限擴大的沙漠之海，不僅令主人一人深陷，還覆蓋了世界上無數的人生。」

遠古精靈的語氣中，流露出淡淡的哀傷。

「所以，如果有一天主人對這三個願望感到後悔，主人將付出昂貴的代價。」

「什麼代價？」

男人苦笑，根本無法理解這三個願望如何會令他後悔。

遠古精靈說出了許願的誓約。

「如果主人後悔了，這三個願望將成為箝禁靈魂的枷鎖，主人將失去人的形態，從慾望的容器，變成了慾望本身。一千零一年，整整一千零一年，都將專司為人實現願望的神燈精靈。」遠古精靈最後的警告。

「我一輩子，不，十輩子，都不可能為這三個願望感到一絲絲後悔！這就是我的愛情！

獨一無二的愛情！至死不渝的愛情！」

男人雙手擎天，奮力嘶吼著。

快樂地嘶吼著。

在不相稱的嘆息聲中，遠古精靈再度幻化成一縷輕煙。

夜風一吹，油燈沉進了沙的暗流，前往下一個需要三個願望的地方。

擺脫因痛苦產生的疲憊，男人愉快地站起，在滿勺星夜下抖落沉重的流沙。

他已經得到了他日夜盼望的完美愛情，充滿了生氣蓬勃的希望。

「結果呢？」

女孩感到不安，忍不住握住了精靈的小指頭。

「女孩與商人的婚禮因為兩人之間愛情的突然消失，理所當然取消了。」

精靈看著綠洲上，一幕幕海市蜃樓的回憶。

接下來發生的事，如實按照男人與遠古精靈之間的進行。

女人從此死心塌地愛著男人，男人感到前所未有的快樂。

兩個人很快就結婚，成為綠洲裡人人稱羨的一對。

沒有人對他們幸福的未來有任何質疑。

有一天，男人為了追求更大的事業，暫別了妻子來到沙漠邊緣的城鎮做生意。

那新的城鎮新的事業裡，男人沒有忘記妻子很喜歡鮮紅的玫瑰花。

男人尋尋覓覓，在城鎮的角落發現了一間擁有上百品種玫瑰的花店，此後每次往返沙漠與城鎮，男人都不忘在行囊裡放進一朵漂亮的玫瑰。

花店的擁有者，是一個臉上擁有玫瑰色紅暈的美麗女子。

在無數次的買賣與交談裡，男人發覺自己竟不知不覺中，深深愛上了美麗的花店女主人，而花店女主人也在愛情悄悄的腳步聲中，傾心充滿沙漠氣息的男人。

來自沙漠的男人，與城鎮裡的花店女主人，就這麼深陷進狂野燃燒的愛情裡。

這把巨大的愛情，燒出了男人對愛情截然不同的認識。

也燒出了原本慾望的荒謬。

男人的妻子，很快就從丈夫的眼中察覺到了背叛。

妻子困鎖在精靈的願望能力中，無法自拔地乞求男人的回心轉意。

但愛情之所以珍貴，就在於愛情幾乎是努力無法保證能換取的美妙報償。

男人渴望擁有與花店女老闆之間，熱烈的愛情。

這些都是男人當初跪求在遠古精靈前，所始料未及的。

男人只好哀求妻子的成全。

成全？

妻子擁有的，僅僅是至死不渝的愛情。

於是妻子自殺了。
妻子只能用死的方式退出，成全丈夫與另一個女人的愛情。
男人呆晌地看著妻子冰冷的屍體，想起了兩人之間的種種，不禁流下後悔的眼淚。
這一切都是他造成的。
這一切都是他自作主張的慾望造成的。
愛情來得出乎意料。
失去時，也悄聲無跡。
用私慾捕捉千變萬化的愛情，不公平地囚牢了所有人。
深悔的眼淚滴落，男人的軀體幻滅成煙，從此變成了慾望的奴隸。

「成為了，我今日的模樣。」
精靈說，看著海市蜃樓崩毀在金黃浪花中。
八百年了。
神燈每隔一段時間，就會被偶然拾起，為人們實現一個又一個的願望。
關於巨大財富的願望。
關於永恆美麗的願望。
關於幸福愛情的願望。

只是這些許願的人們，從來就分不清楚，願望與慾望之間的分別。
許願的人們到底滿不滿足，誰也無法替他們定奪。
「你真可憐。」女孩拉著精靈粗大的指頭。
「幫人實現願望，大概就是我僅剩的救贖了吧。」
精靈搔搔藍色的腦袋，苦笑。
「每次看見人們願望實現的快樂模樣，我就衷心祈禱他們能夠真的開心，真的滿足，不要像我一樣。」
距離一千零一年的期限，還有好多個願望等待精靈實現。
「能夠替人實現願望，真的很棒呢。」
女孩笑嘻嘻拉著精靈，安慰巨大的他。
精靈欣慰地笑笑，等待女孩考慮好了，他便舞手完成她的願望。
但女孩只是抬頭看著他，清澈的眼眸映著精靈空虛又疲乏的巨大身軀。
「從來都沒有人問你，你想要許什麼願望嗎？」女孩開口。
精靈愣住。
怎麼可能，有人願意將珍貴的願望權利，分享給其他人呢？
更何況是分享給，專司實現願望的神燈精靈？
「沒有。」精靈茫然說道：「當然沒有。」

「那麼，你想許什麼願望呢？」女孩。

精靈的腦子完全空白，不知所措。

從來都沒有人關心神燈精靈，想要完成的心願是什麼。

不過也不怪那些急著許願的人們。

八百年了，八百年都困在小小的破油燈裡，只有在人們許願時才能出來透透氣，連精靈自己也難以想像這樣的自己，還需要什麼破爛願望？

「我想要……」

精靈有些困窘，看著偌大的天與海。

想要什麼呢？

想不出願望的精靈，竟有些無法言喻的羞愧。

這簡直愧對願望推銷員的身分，彷彿願望本身只是一場虛無的交易。

好苦惱。

遠處的火紅夕陽，早已輪入了海平面，只在海波上留下一道溫柔的紅。

星星悄悄穹廬了天空，一閃一閃，似乎在唧唧喳喳著精靈與女孩。

精靈肩上的海鷗終於收拾好慵懶，揚翅劃向天際。

幾個眨眼，海鷗已成了遠方的白點。

無可捉摸的白點。

「自由。」女孩也看著天空。
「自由？」精靈喃喃自語。
「有了自由，你就可以海闊天空追尋你的願望，實現你的願望。」
女孩微笑，鼓掌。
「從今以後你不再是個神燈精靈，不被願望束縛，自由自在囉。」
就這樣？
簡簡單單，就解開了精靈身上的誓約枷鎖？
「那麼，其他的兩個願望呢？」精靈流下了眼淚。
那是重獲自由的眼淚。
那是，得到關心的喜悅。
「有了一個美好的願望，其他的願望就變成了貪心了呢。」
女孩幽幽地踏著浪。
精靈點點頭，充滿感激地看著女孩。
女孩的天真無邪，無欲無求，本身就是最大的自由。
那是每個人都天生擁有的稟賦。
只是常常，人們都忘記了這份自由。
正是這份自由帶給人們追尋的勇氣，實現願望的力量。

星夜終於完全承襲了白晝，女孩始終沒有撿到藏著一道彩虹的神秘貝殼。

但女孩不急。

女孩說過，她喜歡的，其實是浪裡尋找神秘貝殼的過程。

「再見了，精靈先生。」

女孩揮揮手，回家的時候到了。

「再見了，我的天使。」

精靈傻呼呼地站在沁涼的海水裡。

張開巨大的雙臂，有點茫然，有點興奮的深呼吸。

一時不曉得該去哪裡，但精靈不急。

精靈有的是自由，尋找願望的方向。

陽光灑落的窗口邊，一盞溢滿鮮花的小油燈。

相親

插圖◎緩緩／Lento

他看著眼前的咖啡，白色蒸氣。
真諷刺。
真酸。
一天前與雪子分手，一天後的現在，卻要相親。
對方是誰，他根本不在意。
朋友的朋友介紹的，不都是這樣？
必須虛應一天的人情世故。
朋友的朋友再三強調，她一定適合他。
適合？他忍不住笑了出來。
「不知道該說什麼……總之，妳不適合我吧。」
一天前，他這麼跟雪子說。
在一起三年，這是他寂寞的感嘆。

她來了。
果然跟朋友的朋友說的一樣，很漂亮。
外表完全是自己喜歡的那型。
她站在桌子前，好整以暇地打量了他全身上下。

這才坐下。

「網路時代了，還搞什麼相親？」她露出理解的微笑。

「說的是，拗不過朋友。」他舉雙手同意。

她點了杯熱拿鐵。

很香的奶味隨著熱氣四溢。

他愛聞，但不喜歡喝。

他有乳糖過敏症，只喝黑咖啡。

「就跟女人一樣，純欣賞時什麼都好，真正相處卻很糟糕。」

他隨口說出多年的感觸。

「這是相親該說的話麼？」她輕笑，喝了一口。

連笑的樣子，也是他喜歡的型。

看來這位朋友的朋友，還挺了解他的。

「妳很漂亮。」

「漂亮的東西都不長久。」

「是啊，都不長久。但總比不曾漂亮過，好上幾倍。」

「……」

她打量著他，唇停在杯緣。

一樣。

男人習慣，不，男人喜歡在話語間做點聰明的修飾。

「你好像很怕別人不知道你很聰明。」

「男人如果優點不多，很難不在意別人有沒有注意到。」

他一臉歉意，卻帶著刻意的驕傲。

「尤其……對方是女人。」他補充。

「像你這麼聰明，怎會淪落到相親？」

她觀察他。

「如果條件好的人就能穩穩擁有愛情，愛情，會不會太廉價？」

他改不了話帶機鋒。

雖然他知道，過溢並不討喜。

至少，在這個女人面前，不討喜。

「會不會，愛情本來就很廉價？」

「愛情如果廉價，像妳這麼美麗的女人又怎需要相親？」

是啊。

認識人越容易，選擇就越多。

愛情發生的機率，也應該越多才是。
只是……
「看似的愛情多，之間的高下和真假也多。」他說。
「所以也有廉價跟不廉價？」她。
算是反駁了他。
「是，太容易的愛情廉價，難點的珍貴。」他舉起雙手。

何況，這城市不斷餵養每個人愛情。
當愛情的定義很簡單，專家就忙著將它複雜化，讓它變成一堂課。
若愛情越來越捉摸不定，作家就得奮力萃取它，讓它可以只是一個句子。
一個似是而非的金句。
然後，每個人都需要愛情。
再然後，每個人都需要屬於自己的，對愛情的定義。
定義越獨特越好，免得說出來遭人鄙視。

「妳對愛情的定義是？」
「去理解，不如去做。」

「若挫敗呢?」

「總比只願意欣賞愛情好。」

「不曾放棄?」

「不曾。」

又喝了一口拿鐵,她繼續說。

「花在一件事上的時間,代表你對它的重視。」

這是《小王子》裡的對白。雪子也這麼說過。

他嘆氣。

「昨天晚上,我跟多年交往的女友分手了。」

「……」

「她說,我不重視她。」

「……」

「但提分手的,卻是我。」

他苦笑,一臉無奈。

「男人的通病。覺得分手會讓女人快樂,其實只是想讓自己輕鬆。」

她說,只差沒說出可悲兩字。

「並不是那樣。」他搖頭:「她不適合我。」

他的眉頭緊皺。
「你不愛她？」
「愛，但她不適合我。」
「什麼樣的女人適合你？」
「能用言語清楚表達就好了。或許，是我不適合她。」
「你的分手真廉價。不清不楚的。」
他還是嘆氣。
雪子這麼指責他的時候，他也是這般一直一直嘆氣。
「如果內疚可以這樣排出體外就好了。」他自艾。
「明知道不能的事何必掛嘴上。」她有點嘲弄的語氣。
「她說我不重視他，我無法反駁。」
「更努力不就好了？」
「努力？我根本不知道怎麼滿足她。」
「那就花時間找啊。」
「沒效率的事，做起來很累。」
「……」
這次，換她輕輕嘆了一口氣。

「所以你決定找一個，真正適合自己的人？」

別過頭，他不置可否。

「一個，你可以輕易滿足的女人？」

他無法反駁。

這場相親真是夠了。

她掩住嘴笑，掩飾她想流淚的表情。

「你找不到的。」

她手中的咖啡只剩下一點點。

「這個城市，不會有那樣的女人。」

語氣卻沒有嘲弄。

他一震。

「沒有不需努力，就可以被滿足的女人。」

她整理包包，起身。

夠了。

真的夠了。

這場相親已經結束。

「雪子，對不起。」

他說，看著她。
「不需要跟分手了的女人說抱歉，那只會讓女人覺得自己很可憐。」
雪子說，笑笑。
依舊坐在位子上的他，看著她，三年的過往瞬間而逝。
感傷外，一股激動。
「女人不需要同情，需要的是，愛。」
雪子轉身。
「聽著，我愛妳。」
他終於站起，這句結論非說不可。
在意外的、分手僅僅一天後的相親上。
「不，你不愛。」她止步。
他愣了一下，遲疑，然後嘆氣坐下。
雪子深呼吸。
「真丟臉。」
她搖搖頭。
「我怎麼會跟一個，連反駁一句話都無法努力的男人，在一起三年？」
她下樓。

他。

他看著窗外，雪子走出咖啡館的模樣。

花了三年，與這樣的女人分手。

不如說，花了三年慢慢認識了自己。

女人都需要很努力的陪伴麼？

好累，實在是……

好寂寞。

朋友不吃朋友的大便

插圖◎ Blaze Wu

它或牠，已經賴在落地窗前半個小時了。

小男孩在書桌前的落地窗，發現了「它」。

或「牠」。

一個小小的，裹著綠色皮膚，頭顱大得像西瓜，
像人類一樣用雙腳撐地的東西。

於是小男孩假裝沒看見。

但那東西還是不肯走，
整張怪臉都快黏在玻璃上了。

「多一事不如少一事」、「把自己管好就好」、
「別人的事你管這麼多做什麼」
是爸媽常告訴小男孩的美德，

你是外星人吧？

小男孩打開窗，

語氣很無奈。

一點也不錯。

外星人欣慰道，

省下一番大驚小怪。

看來，是無法置之不理。

小男孩嘆了口氣。

瞧它或牠那副怪模樣……

萬聖節早就過了，

只剩下一個再明顯不過的

答案。

「我的太空船壞了，可能要叨擾幾天。」

外星人說，彬彬有禮。

「叨擾？我只是個小男孩，明天還要考數學呢。」

小男孩嘆氣，瞪著桌上的數學習作，

今晚還有一百多個空格等著他填滿。

「不麻煩的，我會躲得很好。」

外星人手搔搔，

嵌在大頭上的單眼眨眨。

不麻煩？真夠累贅的。

電視裡看多了外星人，結果真遇上了，

反而沒那麼有趣。

而 且 很 醜 。

小男孩有些躊躇，
但還是讓外星人進房。

外星人的腳步很輕，
一進房就探頭探腦的，
不知道是要來做什麼。

但小男孩其實沒太多心思理會這些，
他每天都有很沉重的煩惱。

如果被媽發現自己藏了隻外星人、沒寫功課，
又會唸個老半天。

「……**幫我起個地球的名字吧。**」

外星人還沒有名字。

小可遲疑。

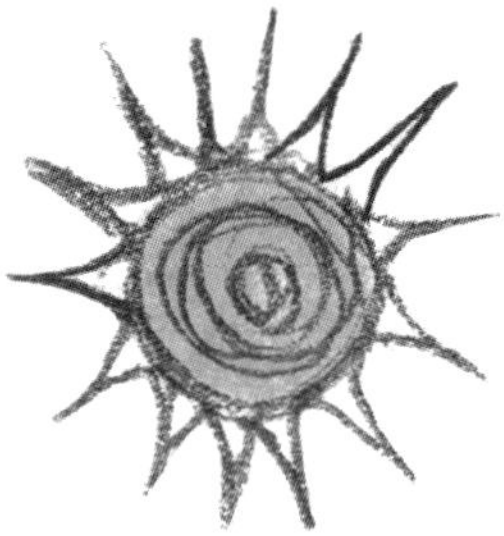

去年夏天
他走失了一隻兔子，叫暴仔。

小男孩說，將門鎖上。

定下心來，小可發現暴仔什麼行李也沒帶，
就只有光溜溜的一身青綠色。

暴仔坐下，嘆氣。

「原來如此，呿。」

小可回到書桌，繼續寫功課。
學校老師，可是比來不及打包行李的外星人
還麻煩一百萬倍哩。

「你就叫暴仔吧。」

小可說，端詳著它。

外星人，不，暴仔欣然。

一小時後，小可終於不支。

「你會數學吧？」

「想宇宙旅行，
要會的可不少。」

暴仔幫小可寫完了習題，用它三隻黏糊的手指，
還模擬著小可剛剛的筆跡，可說是天衣無縫，
服務到家。

小可嘖嘖稱奇地趴在一旁，
心想，這傢伙一定是「寫作業星人」來著。

敲門聲，暴仔主動躲進床底。

真是識相的外星人。

暴仔很識相，不打擾小可，獨自翻閱房間裡的書，
興致勃勃地挑了好幾本童話。

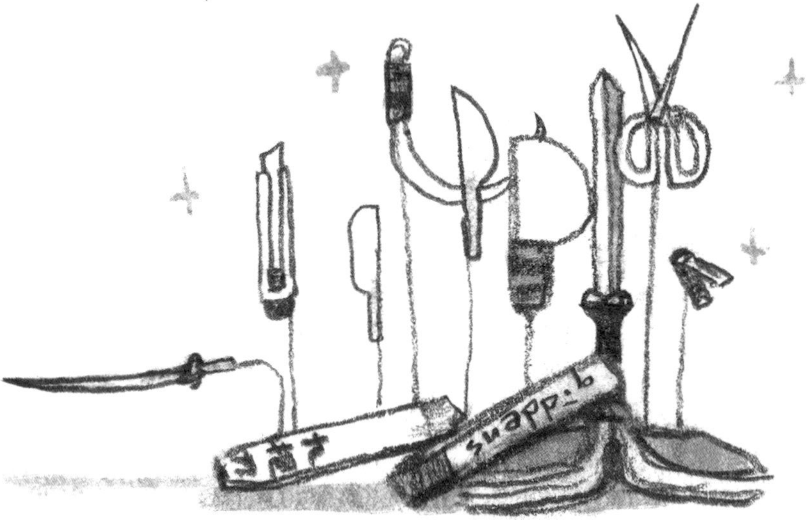

暴仔坐在地上，好整以暇地看著書。

「……是食物麼？」

暴仔張大嘴，看起來很餓。

「水果，想吃就吃吧。」

小可用力擦掉額上的口水，一臉嫌惡。

是媽。

「功課寫好了沒？」

媽端著水果盤，皺著眉頭

「早就寫完了。」

小可展示著作業，一臉臭屁。

媽將水果放在桌上，親了小可的額頭一下。

媽出去，暴仔爬出床底。

暴仔摸摸頭，咕嚕咕嚕。

頭餓了。

「你的胃長在頭上嗎？」

小可敲敲暴仔的頭。

暴仔。

「不會不方便嗎？」小可感到好笑，

這麼落後的設計。

「習慣了。」暴仔羞赧。

暴仔吃了片梨子，
卻又立刻吐了出來。

「沒差，我也不喜歡。」

小可拿去廁所倒掉，
沖進馬桶裡。

熄燈了。

小可睡床上，暴仔睡床下。

「小可，地球好玩嗎？」

「你是來玩的啊？我還以為有什麼任務……」

「任務？」

「例如消滅地球人、征服地球、統一銀河系啊，卡通都是這麼演的。」

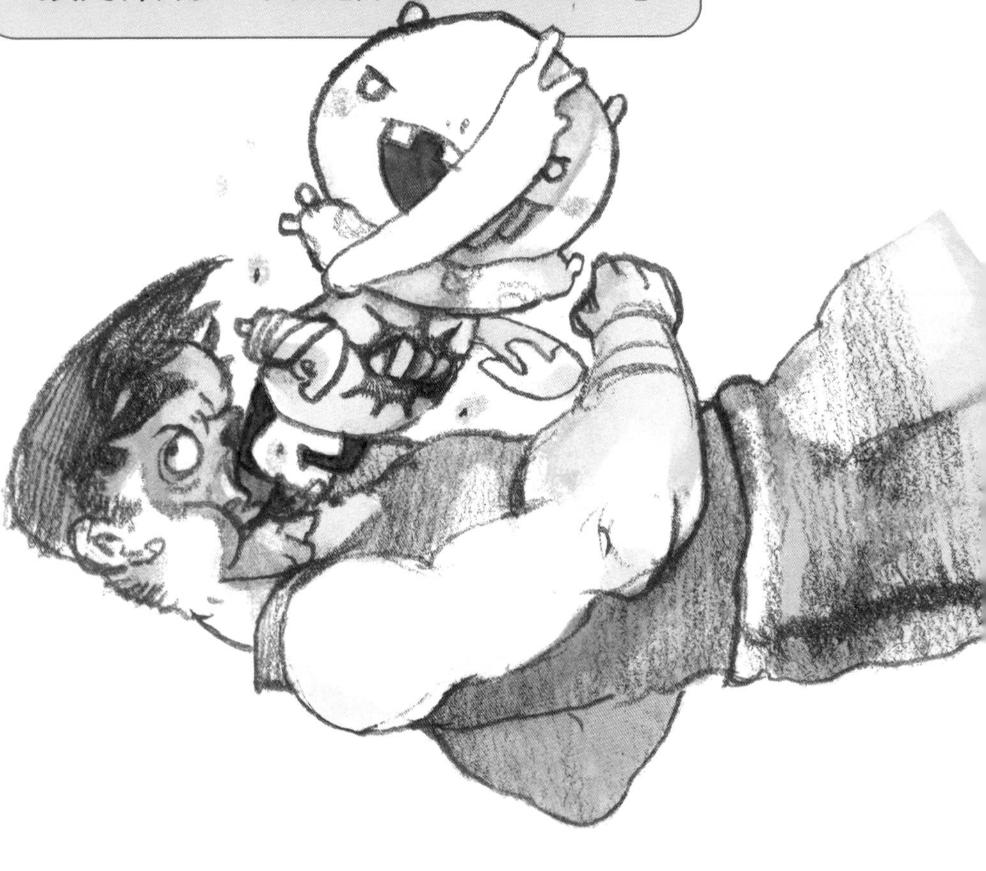

那你怎麼大便？　小可蹲下，

拿起鉛筆試探性地刺著暴仔的兩腿之間，

卻沒發現任何長得像屁眼的東西。

「大便太浪費了，本星人從不大便。」

暴仔搖搖頭。

「真節儉的星球。」

小可打開窗戶，將沾上暴仔氣味的鉛筆丟出去。

「還好。」暴仔有些不好意思。

「你看的是哪本書？

書上的東西都是放屁。」

「那……

小可可以帶我去比較好玩的地方玩嗎？」

小可斷然拒絕，暴仔實在太醜了。

帶去學校，一定會被笑。

「吼，等我放學回來再說吧。」

小可翻身，將臉用枕頭壓住。

「一言為定，我會在房間裡看書的。」

暴仔興奮坐起，頭咚一聲撞到床底。

「……都說書裡的東西是

放屁了。」

小可無可奈何。

「不，只是一般旅行。」

「遜斃了。不過你來錯了，地球不怎麼好玩，尤其是學校，有夠糟糕的地方，作業寫太多，就會變得跟老師一樣笨。」

嗯，我在宇宙百科上稍微認識了地球，每個人都要在學校待上好長的時間，平均在9到16年之間，之後才能成為一個真正的地球人。

小可將書包丟到床上。

「還沒發現，
不過廁所聞起來挺好。」

暴仔猛敲著頭，張大嘴巴。

「是大便。想吃嗎？」

小可沒好氣。

「不吃太浪費了。」

暴仔精神一振。

第二天，

小可放學回家，

暴仔已將房裡的書看光光。

暴仔抱著頭，全身發抖。

半小時後，暴仔寫完作業，

小可也打完了電動，躺在地上伸懶腰。

「小可，我們是好朋友吧？」

暴仔問，手中拿著本童話。

「還不是。」

小可搖頭。他心想，我可沒這麼醜的朋友。

「當朋友真難。」

暴仔拍拍頭。真是個令人困擾的問題。

「出去透透氣吧？」

小可一躍而起，功課這麼早就解決，突然無聊到發慌。

小可蹲在地上，拉了一條大便在報紙上。

暴仔津津有味吃著，小可嫌惡地捏著鼻子。

即使是自己的大便，還是臭不可當。

「吃了我的大便，可不能不做點事。」

小可拿出數學習作跟國語寫字簿。

暴仔同意，模擬小可的筆跡疾書起來。

兩人爬出窗，

沿著粗大的水管溜到街上。

小可幫暴仔穿了件雨衣，
戴上全罩式安全帽。

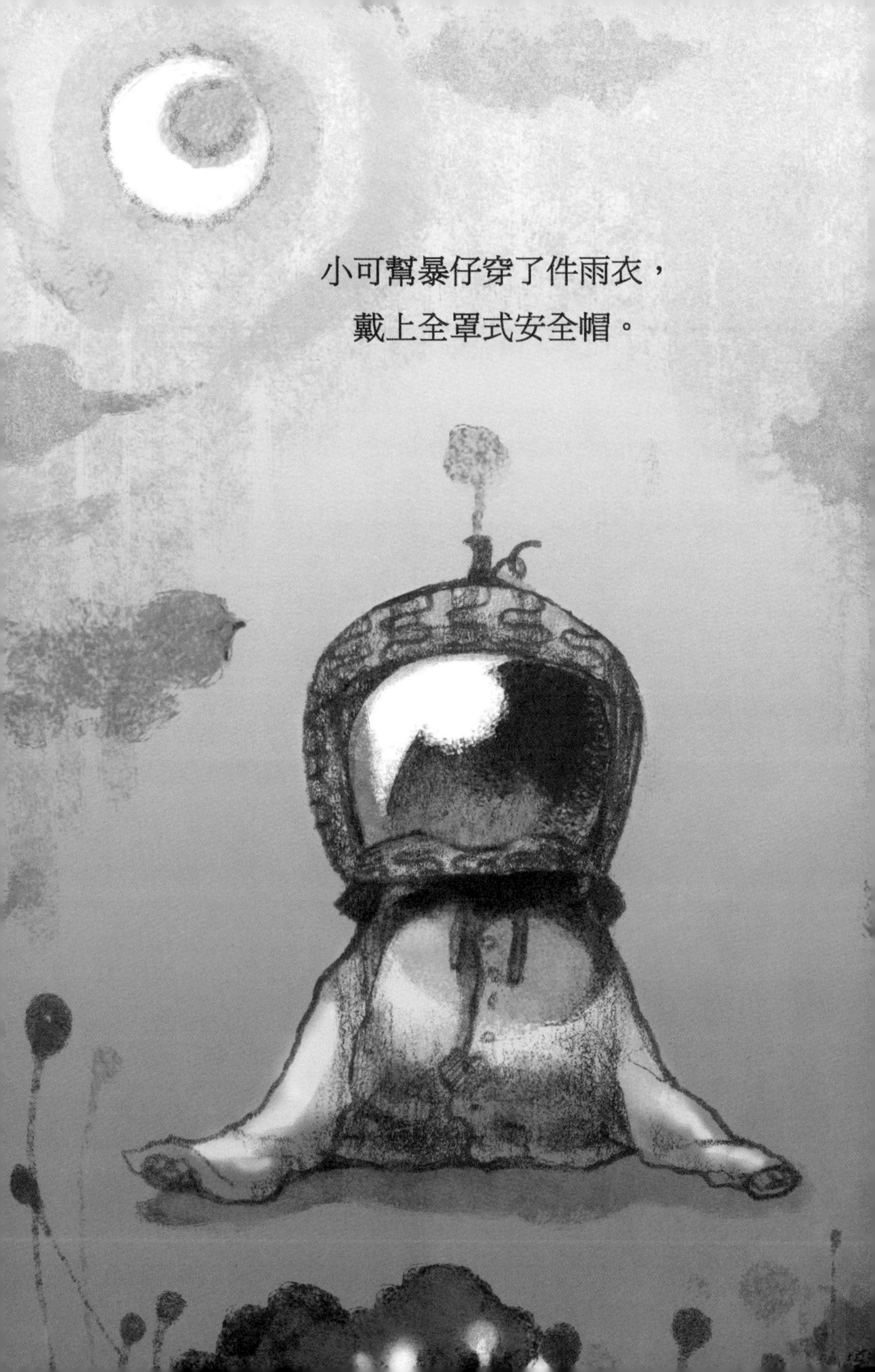

「好無聊的地方。」小可嗤之以鼻。

「一點沒錯，看都看膩了，
所以我們總是在宇宙間旅行。」暴仔。

「你們可以移民到地球，
會吃大便的人到哪都受歡迎的。」
小可隨口說。

聽了誇獎，
暴仔得意地抬起大頭。

「地球的階級差距真大。」

暴仔看著路旁翻垃圾桶的野狗。

「你們大便星，只有一種生物麼？」

小可感到好笑。

「是的。」

暴仔點頭。

「說也奇怪，在你們星球大家都不大便，
那怎麼吃大便？」小可。

「所以要在餓死前，學會宇宙旅行啊。」
暴仔傻笑。
太辛苦了，那星球。

「對了，你可以表演吃大便給我朋友看麼？」
小可突然興奮起來。

「**朋友？**」暴仔眼睛一亮。

「那樣的話，我跟小可就是朋友了嗎？」
暴仔突然有些扭捏。

「不是。朋友不會吃朋友的大便。」
小可指著癩痢野狗，說：「狗才會。」

暴仔震驚，隨即若有所思。

「小可，朋友是什麼呢？」暴仔怯生生地問。

暴仔看了一房間的書，還是不明白。

「朋友啊……
等我說是，你也說是，那麼才算數啊。」
小可語焉不詳，他根本懶得去想這麼無聊的問題。

小可帶暴仔回家前，在公園地上又拉了一把。

夜裡的市立公園。

小可盪著鞦韆，暴仔蹲在野狗後面小心翼翼地撿拾大便。翹翹板上，暴仔吃著熱呼呼的狗糞，小可舔著從7-11買來的冰棒。

「人的大便好吃，還是狗的？」

小可將吃完的冰棒木柄丟向暴仔。

咚，命中暴仔的安全帽。

「不就是大便麼。」暴仔實話實說。

「**快吃。**」小可指揮，神氣極了。

暴仔小心翼翼，低著頭，將大家的大便一一吃掉。

胖男拿出自然習作。

第二天放學，
小可帶了幾個同學回家。
暴仔從床底下出來，
大家一陣嘖嘖。

「真不愧是外星人。」

「好醜。」

「噁爛。」

「大頭鬼。」

「畸形。」

「死西瓜。」

「糞蟲。」

好不容易大家嚷完了，
紛紛開始脫褲子大便。

唯一的女孩小靜，
也羞答答從廁所捧了一個
溫熱的布丁盒出來。

盒子裡，是幾塊圓形硬糞。

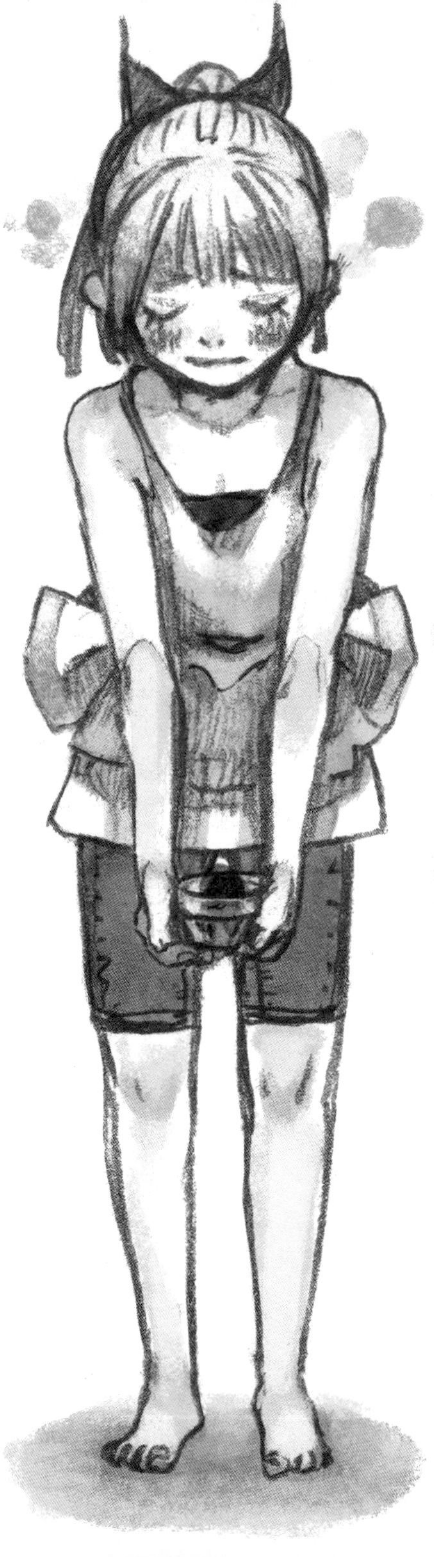

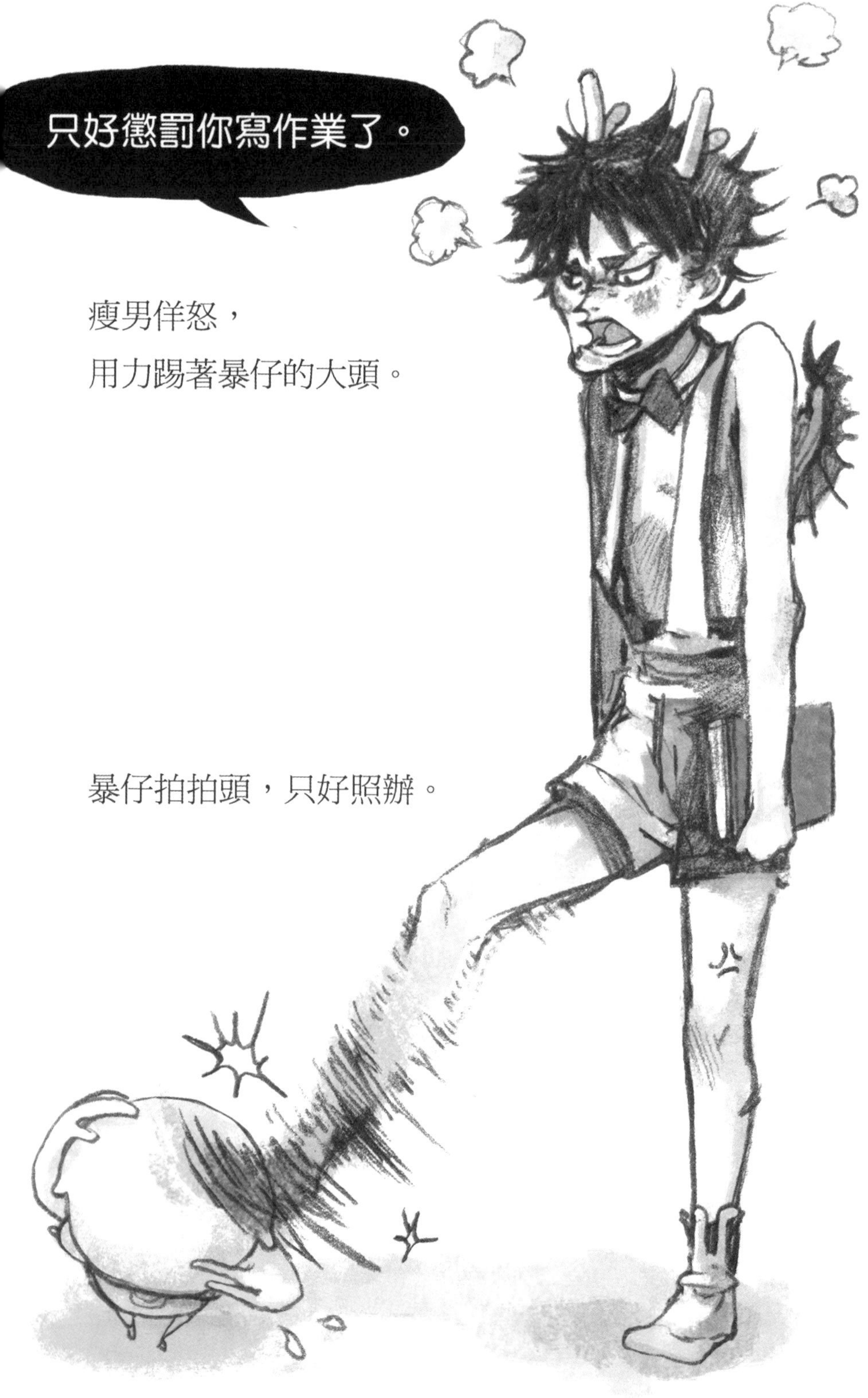

瘦男佯怒，
用力踢著暴仔的大頭。

暴仔拍拍頭，只好照辦。

眼鏡男皺眉，

從書包裡拿出國語習作，

摔在暴仔臉上。

我們……是朋友？ 暴仔感動不已。

小靜捏著鼻子，神色大變。

「你嘴巴好臭。」

連續幾天，大家都到小可房間大便。

若暴仔寫作業的速度快些，

就可以跟大家一起玩大富翁或撿紅點。

條件是：不能說話。

沒人喜歡剛吃完大便的嘴，如果打嗝會超噁。

大家玩大富翁，然後又一起打電玩。
暴仔獨自在床底寫作業，沒人理會。
小靜同情地蹲下，看著陰暗床底下的暴仔。

小靜溫柔地笑著。

加上太空船也毀了，
要回去也辦不到。

床下嘆氣。

真不幸。

床上，聲音卻沒有半點遺憾。

幸好沒有船也
能繼續旅行。

床下又是嘆氣。

繼續旅行？

小可震驚，立刻坐起。

是啊，我得找
到朋友才行。

暴仔也坐起，

咚的一聲又撞到床底。

又是熄燈。

什麼時候回大便星？

床上。

回去會餓死。

床下。

床上。

沒錯。
地球有的是作業……
不，有的是大便。

你睡我床底吃我大便，
現在說走就走？

小可近乎咆哮。

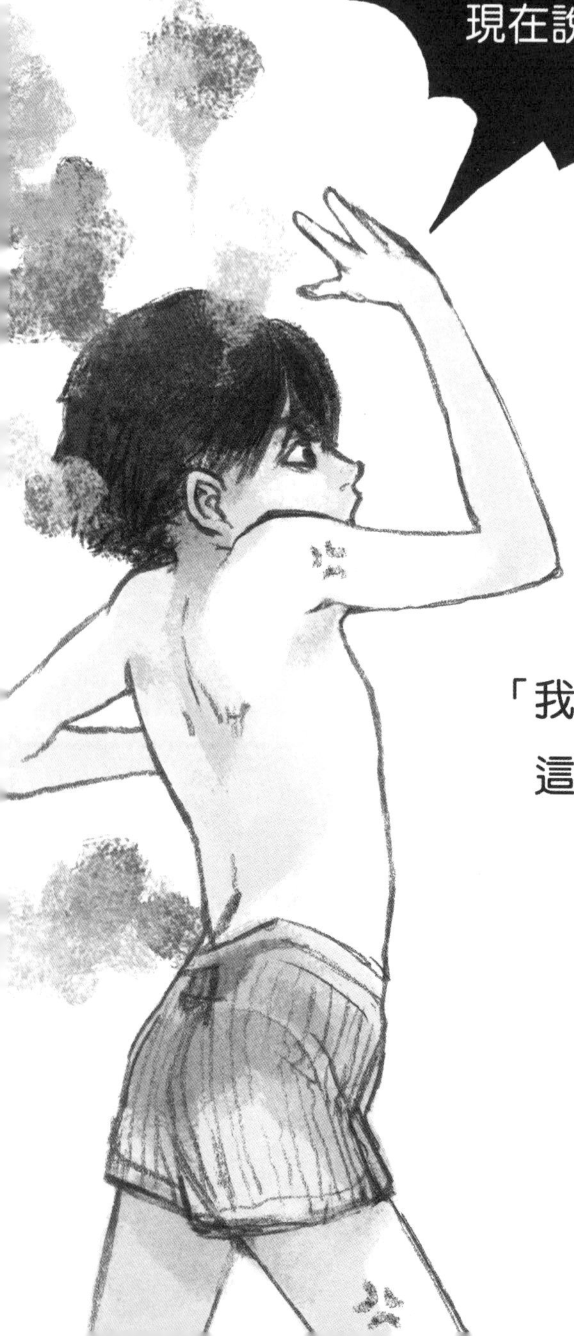

「我得找到朋友才行，
這是我旅行的目的啊。」

暴仔也很難過。

小可氣得滿臉通紅。

「那……我的作業怎辦？」

小可的聲音顫抖。

「這個……我也不知道啊。」

暴仔搔搔頭。

小可從床底拉出暴仔。

暴仔一臉無辜。

「當然了，不然朋友怎會這麼難交？
如果好交的話我幹嘛不跟你當朋友！」

「真的朋友難找，假的朋友容易找？」

「答對了。」

小可緊緊握住暴仔的手。

暴仔看起來很害怕。

小可大吼。

暴仔歪著頭，思索。

「朋友也有分真假？」

「謝謝你，原來小可是真的朋友。」

小可安慰道，抱住暴仔。

他一想到暑假快來了，

雙腳就發軟。

他收了五千塊，

包下全班的暑假作業。

如果暴仔溜走，

他就得狂寫三十五份暑假作業……

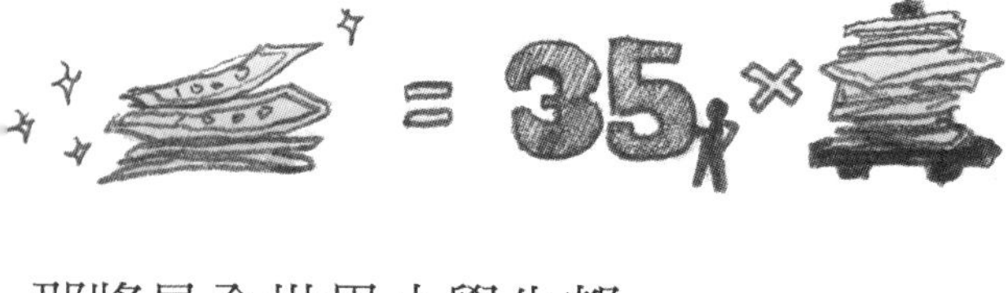

那將是全世界小學生都

無法面對的作業地獄。

「用你的大頭好好想想，是誰每天餵你吃大便？
是誰就算便秘還是努力拉給你吃！
拉到我屁眼都痛死了。」小可說得全身發抖。

暴仔愧疚地抱著自己的大頭。

「廢！你不知道收容外星人是犯法的嗎？
我只是一個小學生耶！」小可痛苦。

暴仔身軀一震。

「為了讓大便營養均衡，
我還辛苦拜託朋友一起大給你吃！」

小可鼻頭一酸。

只有小可知道，唯有不停地大便，

越大越多，才能留住暴仔。

一台從天而降，

吃大便的暑假作業製造機。

客廳。

「小可，你變胖了。」爸正在看報紙。

「最近吃得特別多啊。」媽欣慰。

「寫完了這些作業，我就是小可的朋友了嗎？」

暴仔期待，吃著小可的稀糞。

「不好意思，最近腸胃不好。」

小可顧左右而言他。

暴仔靠近小可，嘴巴張開。

好臭！

暴仔眼睛發光，
像是在撒嬌。

「別靠那麼近！」

小可嫌惡，推開暴仔：

「寫完這些作業後才是朋友！」

「太好了，真高興遇到小可。」

暴仔又抓起好幾本日記簿。

暑假終於到了。

小可每天都在外頭玩，留下暴仔孜孜不倦地寫作業。
暴仔很聰明，
能夠用三十五種筆跡寫字，用三十五種筆觸畫畫。

你懂得真多。

小可蹲著看漫畫，
屁股微微抖動。

咚，一條微稀的軟糞黏在屁股下方的舊報紙上。

電視裡的東西都是騙人的。
對不起。

「有時間說對不起不如好好寫作業。

別忘了還有三十篇遊記沒寫。」

FOOD
Hi，

小可拿出一本旅遊圖鑑，說：

「給你參考。」

暴仔感激不已，又回到床底。

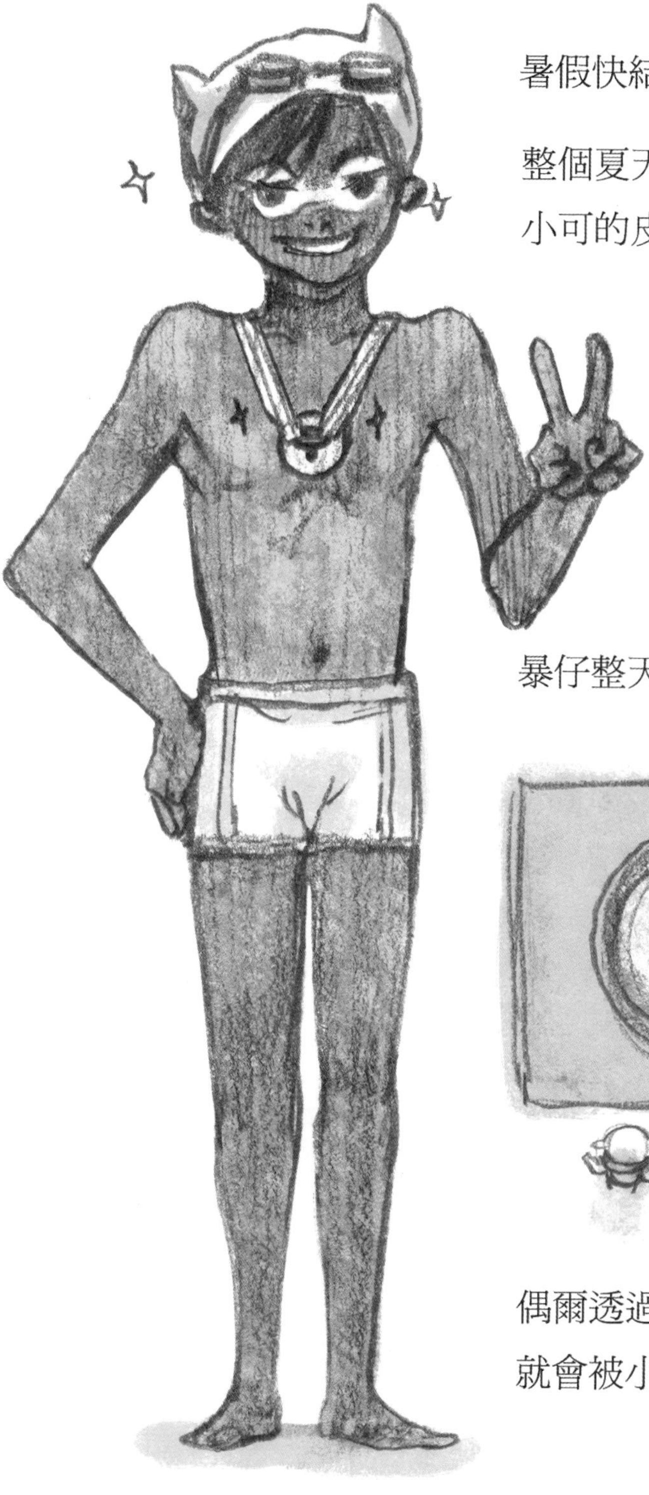

暑假快結束了。

整個夏天都在游泳，
小可的皮膚曬得烏黑。

暴仔整天都在寫作業，

偶爾透過電視節目觀察地球，
就會被小可罵。

小可真摯地擁抱暴仔，決定將暴仔永遠留在床底下，
一路解決他的各種作業。

國中三年，高中三年，大學四年，
一場用大便交換十年作業的友情啊！

小可流淚。

暴仔感動張開大嘴，
越來越大，
越來越大。

後天就要開學了。

房間堆滿三十五份作業，厚厚一疊一疊，
小可高興地檢查，露出滿意的表情。
抽屜裡，五張千元大鈔靜躺著，
隔天就會變成一大堆零食跟遊戲片。

而暴仔，更是充滿期待。

暴仔。

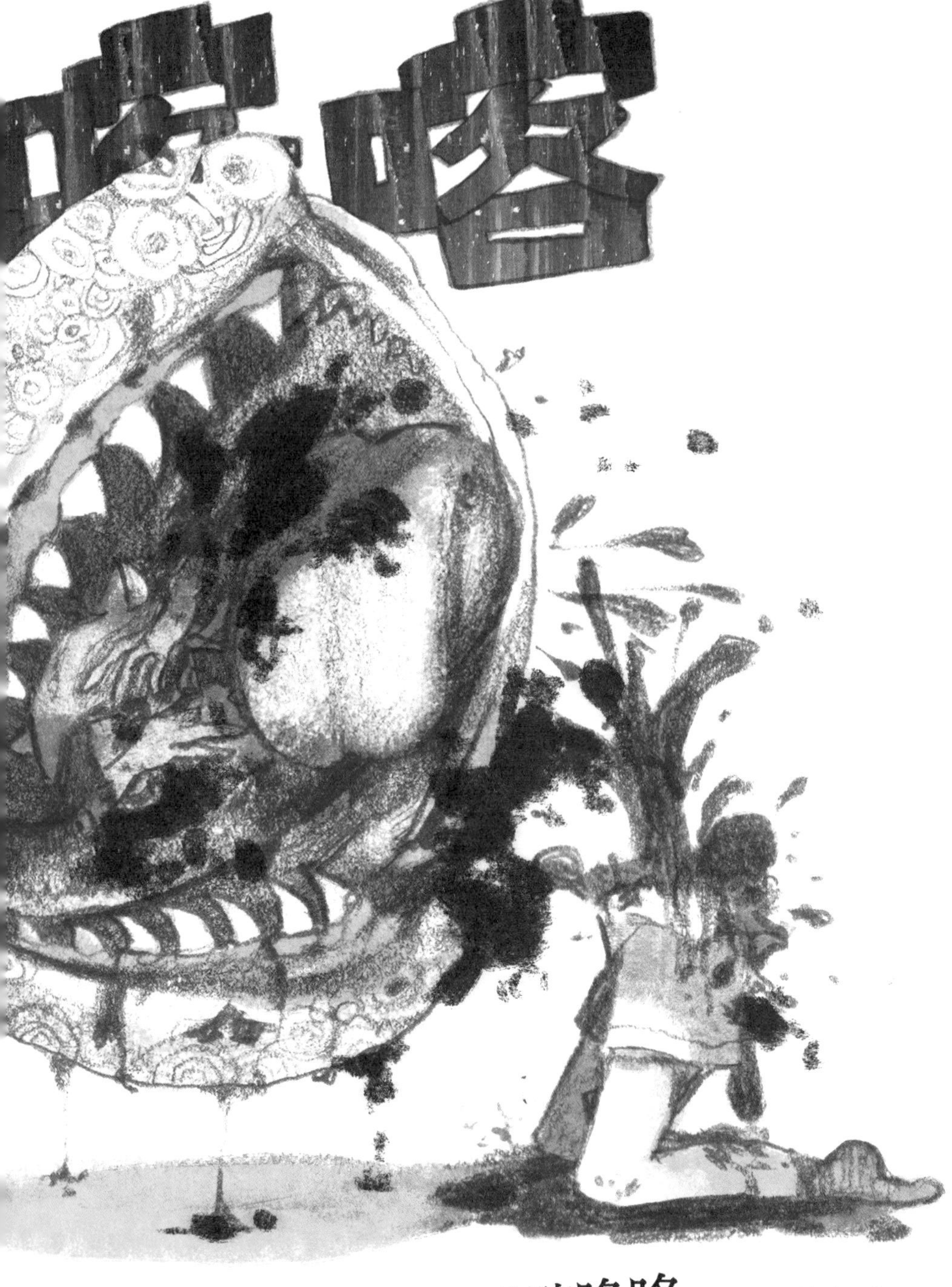

骨頭與肉片擠碎一團，發出 **喀喀咯咯**的好吃的聲音。

喀嚓！

小可愕然跪落，

上半身在暴仔嘴裡大嚼著。

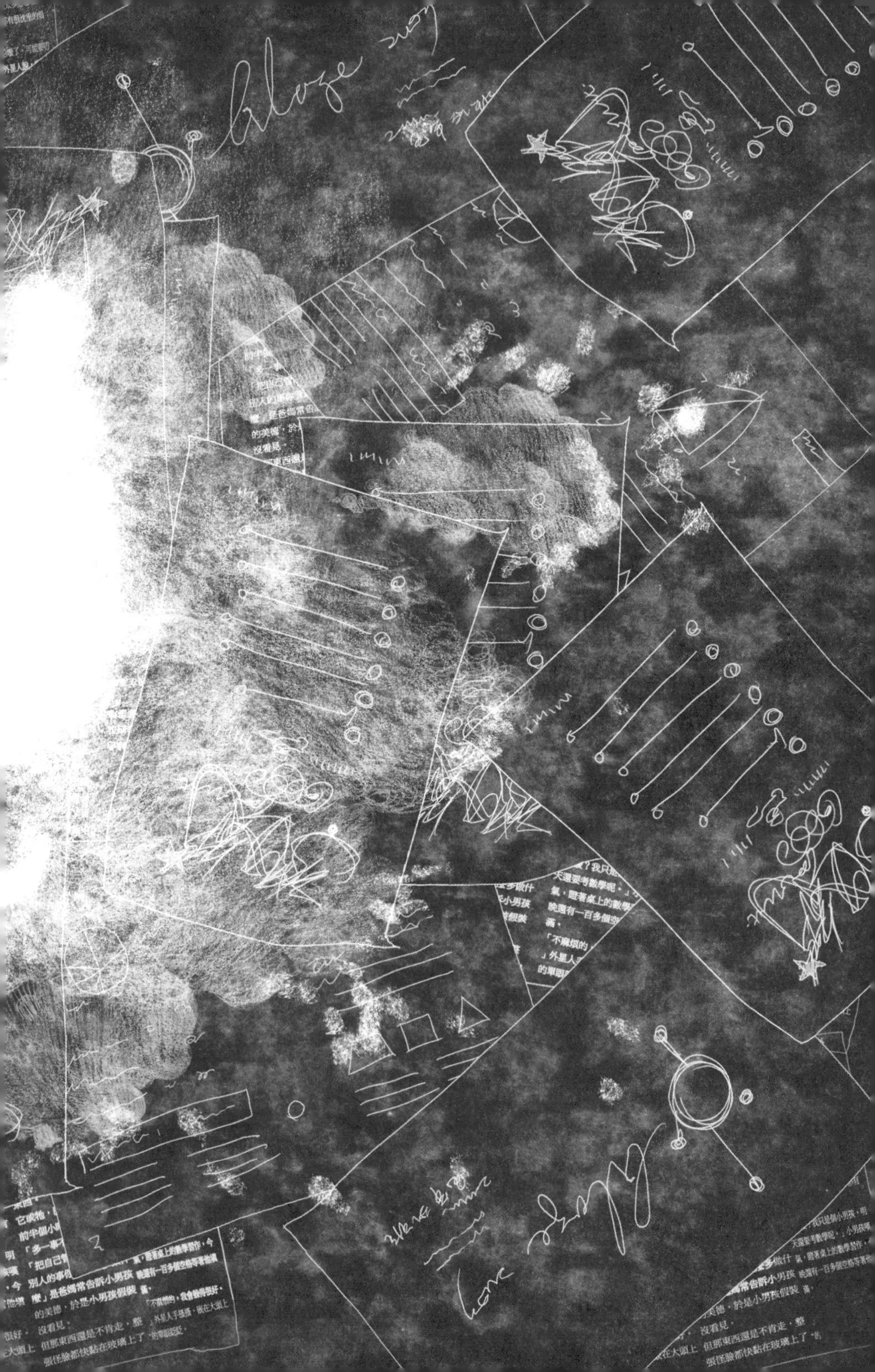

血炸濺了整間房，
淋溼了堆在四周厚厚的作業本。

特徵

通體草綠色，臟器集中在頭顱，
擅偽裝體態類似的食糞星人

民族性

擅欺騙；痛恨食糞；
為進食而作宇宙旅行

習癖

認為不斷壓抑後的進食，
最能刺激味覺，達到感官的最飽和

嗜食

朋友

宇宙人圖鑑

裂嘴星人

危險 AA

那年夏天的
玉米怪

插圖◎韋蒨蓉

黃昏，飛碟緩緩降落在玉米田。
小男孩張大嘴，牽著農夫爸爸的手。
爸爸緊握著獵槍，雖然可能多此一舉。
早有預兆，這陣子玉米田上都是奇怪的符號。
飛碟的門打開。
穿著緊身銀白太空衣，外星人慢慢走出。
瘦瘦高高的，頭顱扁長，密合在精巧的頭盔裡。
「很抱歉，地球的大氣不適合我。」
外星人敬禮，為身上的裝扮道歉。
外星人說的是英語，顯然，頭盔裡嵌有語言翻譯器。
爸爸手中的獵槍舉起。
「來地球做啥？」爸爸喝道：「只有你一個？」
外星人手一晃，獵槍瞬間斷成兩截。
爸爸大驚，小男孩更是嚇得合不攏嘴。
獵槍的斷口像是被利器切割。
「別拿武器對著我，吾乃飛馬星的警察。」
外星人挺胸：「我叫桑奇。」

「你是好人嗎？」小男孩怯生生。
「警察當然是好人。」桑奇對此相當有自信。
爸爸將飛碟藏進穀倉。
正好是晚餐時間，爸爸邀桑奇一起吃飯。
餐桌上，只見桑奇小心翼翼，吸吮自己帶來的乳狀物。
「看起來真難吃。」小男孩皺眉。
「可不是，遭透了。」桑奇完全同意。
桑奇是個多話的外星人警察，驕傲地展示著剛剛用來切斷獵槍的武器。
一片薄型的圓盤利刃。
「用磁力操控，發射距離跟角度則靠電腦計算。」
桑奇哼哼說：「但主要還是靠經驗。」
「好炫！」小男孩摸著圓刃。
「別人的東西別亂碰。」媽媽警告。
小男孩嘟嘴，無法繼續炫耀的桑奇只得將武器收好。
「喂，外星警察，到底你來地球有何貴幹？」爸爸扮演著大人的角色。
「獵捕危險生物。」桑奇也嚴肅起來。
「是女人嗎？」爸爸開玩笑。

媽媽果斷揍了爸一拳。

「不，並非地球生物。」桑奇不好意思：「真失禮，是來自飛馬星的怪物。」

「那怪物自己開飛碟來地球嗎？」小男孩問。

怪物這個字眼，聽起來就是一副沒長腦的模樣。

「不，那怪物是被走私來地球的。」桑奇氣憤：「都是K組織搞的鬼。」

惡名昭彰的K組織，老是亂運宇宙生物到各星球，破壞生態。

「走私外星生物，對K組織有什麼好處？」爸爸不懂。

「K組織是宇宙生態激進主義分子，主張各種生物都享有隨意遷徙的自由，某種程度也算是一種恐怖主義，外星動物在非原生星球間的跨境移動，一切都是災難啊，尤其本來就被歸類為危險生物的品種，在不同的星球上跑來跑去，更是災難中的災難！」桑奇越說越氣。

「所以有什麼好處？」爸爸還是不懂。

「……」桑奇無法回答。

「真差勁。」媽媽隨便做出結論。

「可不是，結果都要我們星際警察擦屁股。」

「那危險生物指的是什麼啊？」爸爸又開始裝大人。

「請問最近貴農場有沒有遭小偷？」桑奇總算露出警察的表情。

「沒啊，但聽說兩哩外的約翰家玉米田被啃了一大塊。」

「那就是了。」
「怪物喜歡吃玉米？」
「玉米怪的貪吃足以破壞地球16%的食物鏈。」
桑奇警告：「若牠喜歡上玉米外的食物，地球上的生態災難會加劇。」
「真糟糕，怎麼幫你？」爸爸燃起了大人氣味的憂心。
「找出牠，幹掉。」桑奇握拳。
穀倉。
小男孩表示想睡飛碟。
「真識貨，這是最新的飛馬110型。」桑奇打開圓床，讓小男孩臥躺。
「抓到玉米怪你就會走麼？」男孩抓抓頭。
「是啊，太多人知道外星人不好。」桑奇表示理所當然。
「走之前會殺掉我們滅口麼？」
「哈，沒必要啦。」
「用記憶清潔光咻我們一下？」
「哈，沒必要啦。」

宇宙人圖鑑：玉米怪
危險：A+
特徵：鋸齒狀甲殼，頭顱去集中化，體型中等，速度快
民族性：智能低，無語言系統，擅隱匿，貪吃，受迫時會抓狂
嗜食：玉米

「……好無聊唷。」

「無聊？玉米怪可不好對付哩，睡吧。」

一個外星警察與地球小孩，在穀倉裡的飛碟上呼呼大睡。

連續幾天，桑奇都在玉米田裡守夜。

熟悉地形的爸偶爾帶桑奇巡邏，並設下陷阱。

「地球的陷阱真不賴。」桑奇嘖嘖稱奇：「構造老土，但簡單有用。」

為了最低程度的偽裝，桑奇在太空衣外面還套上爸爸的外套長褲。

對了，桑奇還戴了一副墨鏡。

「抓到玉米怪，能不能留給我啊？」爸爸的表情，像是醞釀很久了的要求。

當然不能。

「就地消滅裝箱封死，離境時直接噴出大氣層燒毀。」桑奇兩手一攤。

這是飛馬星執法的標準程序。

遠處突然一陣騷動。

「妖怪！」

是瑪琳大嬸的尖叫。

小男孩跟在桑奇與爸爸的後頭，快步奔跑。

「在哪？」爸爸緊張，舉起獵槍。

玉米田裡一陣尖銳的風刮過。

窸窸窣窣，然後一聲長鳴。

桑奇一把拉住爸。

「聽那聲音已經跑遠。」桑奇檢視地上的怪物痕跡。

任何線索都值得研究。

「這是怪物的大便，對吧？」小男孩蹲下，指著一坨黃色的膠狀物。

桑奇搖頭，抬起鞋底。

好臭，好稠的咖啡色，這才是怪物的大便。

「原來那才是大便，那這個是什麼？」小男孩手指戳著黃膠。

爸好奇沾了點，舔舔。

桑奇霍然站起，按下頭盔上面的通話鈕。

「內華達A5區，狀況三，發現玉米怪的精液……」桑奇宣布。

不管是地球生物還是外星生物，精液就是精液。

爸爸在一旁狂吐，小男孩繼續玩著黃膠。

「研判玉米怪至少一公一母，現在的天氣正適合玉米怪繁衍，請求支援。」

桑奇說完，走向呆掉的瑪琳嬸。

「損失多少玉米？」

「一公頃的玉米！居然通通被吃光啦！」瑪琳嬸很怒。

桑奇查詢頭盔裡的玉米怪生態資料庫。

糟糕。

「懷孕時需要大量養分，必須趕快找到……這隻隨時都會開始繁衍的雌性！」

不管是哪個星球的動物，雌性一向很兇猛，尤其是懷孕階段的雌性，更是窮凶極惡，不是他一個外星警察能應付的。

桑奇決定等待著支援。

從鄰近的星球緊急飛向地球的飛馬星警用飛碟，最快也得一天，最慢一週。

很快就感到無聊的小男孩要桑奇戴上棒球手套，跟他玩起投接球遊戲。

「這樣有什麼好玩啊？」桑奇。

「這個叫棒球，很酷。」小男孩使勁一甩，球進手套。

桑奇回敬，球震得小男孩差點往後摔倒。

「好強，你如果進大聯盟，一定是最強的投手。」小男孩驚奇。

大聯盟？

桑奇搜尋頭盔裡的地球風土民情資料庫。

「大致了解了。」桑奇有些得意：「畢竟我有飛馬星人的超強臂力啊！」

「以後我一定會進大聯盟。」小男孩堅定。

「是嗎？那你可要多多努力啊。」

兩人不停投接。

投接投接，竟玩了兩天。

「這是曲球。」小男孩投球示範。

「了解。」桑奇接球。

「這是伸卡球。」

「了解。」

「這是變速球。」

「了解。」

「這是直球。」

「了解。」

這次，桑奇看著手套裡的球：「直球其實沒什麼特別的。」

小男孩點點頭：「但是爸爸說，真正的男人都用直球對決。」

桑奇肯定：「說得好，飛馬星的男子漢也是直來直往啊！」

繼續投接球練習。

第三天，穀倉裡多了兩架飛碟。

以及兩個新飛馬星警察。

桑奇、爸帶領兩個新夥伴埋伏在玉米田，身上塗滿黃膠。

「精液的氣味會吸引牠們。」桑奇苦笑。

「一定要殺死牠們。」爸爸對全身精液的自己無法諒解，十分憤怒。

遠方，傳來一聲痛吼。

「是我的陷阱！」爸爸興奮。

眾人連忙趕到陷阱處，只見一個憤怒的玉米怪掙扎擺脫鐵鉗。

「公的，可以生擒。」

桑奇心想，這隻乾脆做成標本送給爸算了。

公玉米怪在陷阱裡持續痛吼，身子劇烈晃動。

「用麻醉瓦斯讓牠窒息而死，留個全屍送地球人。」桑奇說。

「這樣好嗎？」一名同伴警察疑道。

「合乎規定嗎？」另一個同伴警察也不解。

「偶爾也要搞搞太空外交嘛，上次被我們丟進尼斯湖那隻無害的C級藍藻水怪不就是前例？讓地球人知道宇宙是很大的也不壞吧！」桑奇哈哈一笑：「大不了我來寫個事後報告吧哈哈哈哈！」

其餘外星兩警也跟著哈哈大笑起來。

蹲在一旁的小男孩狐疑地看著陷阱裡的公玉米怪，眼睛忽然睜大。

「不對！牠根本沒有被鐵鉗夾住！」小男孩驚呼。

這隻公玉米怪忽然縮腳、衝吼過來。

居然是計謀！

兩警被撞倒，其中一警甚至飛上天。

桑奇手中圓刃噴出，迅雷不及掩耳砍斷公玉米怪的腳。

爸爸的獵槍擊發，公玉米怪甲殼爆開，萎靡跌倒。

「小心！」

小男孩飛身撲倒桑奇。

不知從哪裡竄出的雌玉米怪銜著血淋淋的手，肚子鼓得好大。

小男孩痛昏過去，桑奇大吃一驚。

兩個趕來支援的外星警察，手中圓刃噴出，卻射了個空。

「太倚賴電腦計算的笨蛋！」桑奇大吼。

雌玉米怪赫然消失。

不，不是消失，是牠跑得太快。

雌玉米怪飛快繞著眾人，帶起一陣尖銳的風聲。

動作之快，根本無法瞄準。

爸爸焦急地抱著小男孩。

血流如注。

「沒想到玉米怪會設陷阱！」其中一個外星警察大叫，隨即慘呼。

上一秒鐘雌玉米怪倏忽衝進圓心，咬走他的腦袋，拖出一道紫色的血。

「哇！危險指數不是才A+而已？」第二個外星警察嚇得魂飛魄散。

「冷靜！現在說這些有什麼用！」桑奇穩定了戰鬥架勢。

猛然，雌玉米怪的大嘴衝近！

「上！」桑奇與僅剩的夥伴圓刃同時噴出。

雌玉米怪痛叫，微一踉蹌。

桑奇被撞翻，可憐的警察夥伴卻被撕成了兩半。

得手後，雌玉米怪再度化成一道圓形奔跑的獵徑，隨時都會撲上。

桑奇勉強站起，看著手腕上的碎塊。

剛剛一撞，居然將磁力噴射裝置碰裂。

眼角餘光一瞥，小男孩大量失血，不趕緊急救不行。
如果……能逃出去的話。
爸爸蹲著，顫抖挺起獵槍。
狂暴的風越來越銳利。
雌玉米怪奔跑的圓逐漸縮小。
一觸即發的死亡。
「吁……」桑奇摸著圓刃，調整呼吸。
爸的額頭汗珠滾落。
大聯盟啊……地球上最頂尖的棒球大聯盟啊……
這小男孩竟用追逐夢想的手臂救了一時大意的他。
眼看小男孩快沒了呼吸。
「來吧！」桑奇大叫，左腳用力一踏。
雌玉米怪化成一直線。
一條恐怖又快速絕倫的線。
桑奇徒手奮力擲出圓刃。
唰。

對決結束的瞬間，獵槍同時響起。
雌玉米怪摔倒在地，肚子被子彈鑽破一孔，冒著煙。
桑奇狂喘氣，看著穿破玉米怪肚腹又飛出的圓刃。
果然還是回歸野性的臂力最可靠！
雌玉米怪顫動、嗚咽著，爸足足轟了十槍才死絕。
公玉米怪則被徹底麻醉。
「需要緊急手術，快！」桑奇揹起小男孩，往穀倉快跑。
警用飛碟上有自動手術修復裝置。
十個小時後，桑奇終於走出飛碟，鬆了口氣。
「有好消息，也有壞消息。」桑奇的表情很詭異。
爸爸跟媽媽緊張地聽著。
「命保住了，但斷手不能接回去，因為斷掉的手臂沾有玉米怪的唾液，唾液成分裡有一種叫牙雷胺的酶……總之對地球人來說含有毒性就是了。」
「然後呢？」媽媽沒打算聽懂這一段。
「所以我讓機器設定了細胞芽生手術，先將傷口封住，再填補進新細胞。」
「然後呢？」爸爸也沒打算聽懂這一段。

宇宙人圖鑑：玉米怪
危險：AA+
特徵：鋸齒狀甲殼，頭顱去集中化，體型中等，速度快
民族性：智能高，無語言系統，擅隱匿，好偽裝佯弱，貪吃，隨時都在抓狂
嗜食：玉米

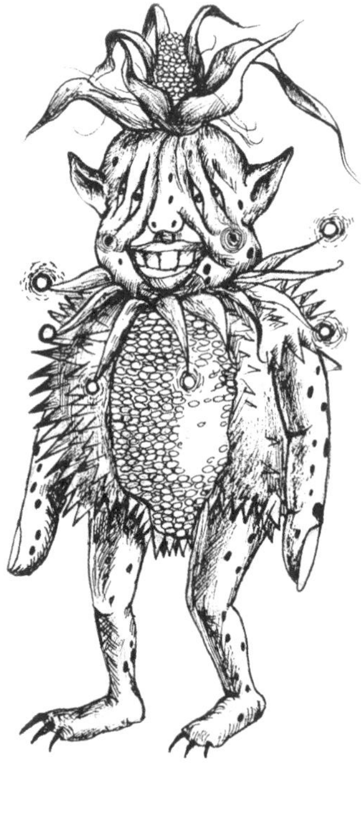

「以後細胞不斷增生，大概半年就會有一隻新手。」
「聽起來都是好消息？」爸爸媽媽總算是放下心來。
「但我填補進你兒子傷口裡的細胞……」桑奇抓抓頭。

修改了對玉米怪的生態描繪，留下公玉米怪標本。
桑奇離開地球時，小男孩還沒醒。
就當作一場夢吧。
「再見了，半個同類。你一定可以實現夢想。」
穀倉空了。

十年後，年僅十八歲的男孩站上了投手丘。
一球一球投。
一球一球投。
以時速一百九十五公里的超暴力直球鎮壓群雄，豪邁地打破了所有紀錄。
棒球的聖殿大聯盟裡，大家管他叫「外星來的怪物手臂」。
男孩永遠也忘不了。
那一個，充滿奇特精液氣味的暑假。

刺青師 Ken

插圖◎阿梁

我想去搞個刺青。

你問我為什麼？

事情發生在前天，在公館附近的破旅館裡，我將一個辣得要命的援交妹推倒後，十秒，事情就這樣那樣發生了。

我剝開她的衣服，爆出兩粒大奶子。

正想把它們狠狠抓爆，沒想到那兩個肥奶竟各刺了「看三小」跟「摸個屁」。

我傻眼，下面立刻軟掉，什麼幹勁都沒了。

「喂，你到底要不要幹啊？」

「幹！幹死妳！」

好不容易藉著電視上彩虹頻道裡的爛A片，我勉強又翹了起來，一邊看著螢光幕上淒厲慘叫的不知名女優，一邊賣力抽插著。

但，底下的援交妹看著上頭的我，突然哈哈大笑。

「你怎麼什麼鬼都沒刺啊？好土喔。」她說，笑得不可遏抑。

笑個屁！

我當然很怒啦，只好把硬到不行的老二戳在她臉上，唏哩嘩啦射進她的鼻子裡，差一點嗆死她。

但洩精歸洩精，洩恨歸洩恨，我只好再花幾分鐘用桌上的菸灰缸免費幫她整形。

最後，還用立可白將她奶子上那幾個亂七八糟的字給塗掉。亂寫什麼嘛！

退房前，我把破破爛爛的援交妹丟進衣櫃裡，再用奶罩的帶子從外面把櫃子把手牢牢綁起來，能整她多久就多久，哈哈，等到收拾房間的大嬸進來她一定很糗。

大功告成。

但「身上沒有刺青＝好土」，還是讓我很介意。

所以我想到了鎚仔。

「哈，你要弄刺青？」鎚仔一邊用滑鼠點擊打怪，隨意打量了我一眼。

「靠夭什麼，介紹我暢秋一點的刺青師就對了！」我吐煙。

我盯著鎚仔手臂上的刺青。

那是鎚仔打線上遊戲的盟徽，他們一票玩家約好去刺的。

造型囂張，刺工精細，色彩鮮豔，讓整條手臂看起來張牙舞爪的。

沒話說。一個字，屌。

於是我來到西門町，一間外表特破爛的刺青店。

那店位於不超級仔細看，還真無法發現的陰暗角落，位於巷子轉角的轉角的再轉角，一個特適合鬼片取景的爛地點。

這種爛地點好啊！
就是要爛得有風格！爛得有神秘感！
刺青店的店長叫 Ken。
鎚仔說，全台北就是 Ken 的刺青功夫最炫，但收費不貲。
想也知道，Ken……洋名嘛，就是比較不土，不土就比較貴。
話又說回來，收太少我還會擔心刺在我身上的是廉價品呢！
「錢不是問題，老子要刺一個最屌的青。」
我用力拍拍 Ken 的肩膀，將菸屁股捻燙在牆壁上的樣品照片。
Ken 綁著頭巾，落腮鬍爬滿半張臉，戴著墨鏡。
看不出來帥不帥，但很有型。
操，有型就對了！
「要刺什麼？」Ken 抽菸。
「靠，刺什麼最屌？」我嚼著檳榔。
Ken 點起酒精燈，仔細烤著針頭，那姿勢跟專注就像在搞藝術品似的。
「屌啊……與其說刺什麼，不如說刺在哪裡。」Ken 沉吟。
「有道理！」我大讚，將檳榔汁吐在地上。
如果刺在腳底板，會被注意才有鬼。

「那刺在哪裡屌些？」我興致盎然。

Ken蹲下，慢條斯理將地上的檳榔汁擦掉，看來是個孬貨。

「那也得看你夠不夠種。」Ken靜靜說道，繼續翻烤著針頭。

我火大，我最恨人家看不起我。

「刺在機巴上我也敢啊！」我哼。

「你常常露機巴給人看麼？」Ken將一本參考圖鑑遞給我。

「對喔有道理。」我無法辯駁，但一把推開圖鑑。

我再度強調：「我要刺特別一點的，別拿別人刺過的圖案敷衍我，拜託用你的腦袋瓜子想想啊大師！」

Ken點頭，陷入沉思。

五分鐘後，Ken終於開口。

「你夠膽嘗試美國最新的螢光刺青麼？」

「螢光刺青？」

Ken低聲：「平常外表看不出來，入夜或關燈才會發光，超屌，特屌，屌他媽的。」

我靠，這貨色才配得上我嘛！

「但很貴。」

「他媽老子有的是錢，就螢光的！」

哈哈哈哈反正我皮包裡都是超逼真的假鈔，你愛拿幾張就幾張。

Ken開始在白紙上塗鴉，一下子端詳著我，一下子閉眼冥想。

「刺哪？」我忍不住問。

「刺臉。」ken冷冷道。

我愣住。

臉？會不會太變態啦？

「我說Ken啊，屌跟變態只有一線之隔耶。」我拉拉臉皮。

「我幫你設計古印第安戰士的性愛圖騰，入夜發光，會屌翻。」

Ken臉色不動，將設計稿拿給我看。

圖超炫，果然會屌翻。

但臉……

「平常根本看不出來，不會影響到儀容。」Ken指著一罐藥水：「你以後反悔，螢光刺青也可以用這特殊藥水抹掉，完全不留痕跡。」

「完全不留痕跡？」

「因為是最新的科技。」

太完美了，還等屁？

於是開始刺青。

「對不起，我有個怪癖……」Ken將我的臉輕微麻醉。

「我早聽鎚仔說啦，完工前你不會讓客戶看到過程，早知啦！大師就是一肚子怪癖。」

我趴在床上，打了個很臭的呵欠。

Ken熟練地動針，臉癢癢的，搞得我好想發笑。

眼珠子沒別的事好做，我打量Ken的房間。

一面背對著我的立身鏡。

一堆怪怪的圖畫書。

幾個看得出辛苦蒐集的怪裝飾吊在樑上。

薰香點著，房間都是煙來煙去。

哼，臭擺出藝術家的架。

「我說Ken，你刺青多久啦？」

「兩年多吧。」

「才兩年？你天才喔？」

「還可以。」

真無趣的對話。

真想打電話給阿美，叫她過來幫我哈個棒，免得浪費時間。

Ken一下子在我臉上動動，一下子又站得老遠觀察。

時而點頭，時而沉思。

「Ken啊，你怎麼會搞刺青？」我沒話找話。

「因為沒別的才華了。」Ken大概不想睬我。

我只好自說自話。

「說到才華……我這個人也沒別的才華，就是喜歡欺負人！」我哼哼得意。

Ken忙碌依舊，埋在墨鏡後的眼珠子，仔細地審視刺在我臉上的作品。

「欺負人有什麼好玩？」Ken隨口。

「可好玩了，畢竟是我唯一的才華嘛哈哈。」我臭屁：「從小我就喜歡把烏龜殼撬開，把貓尾巴剪斷，把壁虎的腳一隻隻拔斷，拿瓦斯槍射狗老二，砰砰！壞死了我，哈哈哈哈！」

「槍法這麼準？」Ken不信。

「準？準個屁！當然是先將狗綁在木板上，再好好拿槍射牠老二，哈哈！」我一想起那件事，就忍不住大笑：「你知道狗的睪丸腫起來的樣子嗎！超！好！笑！」

「別亂動，會刺歪。」Ken警告。

「不過這還比不上我國中時，用橡皮筋彈班上阿忠那件事。」我回憶。

「橡皮筋那也還好吧。」Ken專注地刺我的鼻子。

「哈！橡皮筋彈的是阿忠的老二捏！」我捧腹。

阿忠是班上最常被欺負的小男生，靠，長得就是一臉的「請痛扁我」！

所以我有什麼辦法？只好卯起來照三餐打。

但打久了手會膩，只好胡亂整他。

塞垃圾桶，剃眉毛，拿筷子夾手指，脫褲子罰跑操場……

不過把阿忠的褲子脫掉，用橡皮筋彈他老二那次最好笑，堪稱是欺負人的經典。

那時啊，我頭一次看見瘀青的龜頭真的快笑死了，差點就去買照相機，拍起來投稿給綜藝節目。

正當我被那條瘀青的小老二笑到不行時，沒想到阿忠居然痛到尿了出來。

唏哩嘩啦，居然尿到我的鞋子！

幹！搞什麼啊！

我當場朝他的臉爆了一拳！

「那也還好吧。」Ken刺著我臉頰。

「還好？哈，我打爆了他一隻眼！」我鼻孔噴氣。

打爆，就是打瞎了。

打瞎就打瞎了，真是不禁打！

不說你一定不知道！糊掉的眼球真是超噁的！害我整隻手黏黏的！想吐！

後來那噁心的一拳還害我被退學，操，未免也太小題大作。

「打瞎了，那就不好了。」Ken 嘆。

「還有另一隻眼睛啊。」我嗤之以鼻，不然上帝給我們兩隻眼睛是給假的喔？

「也是，一隻眼夠了。看得見東西就好。」Ken 停手。

Ken 站遠，滿意地點點頭。

「好了。」Ken 將立身鏡推過來。

好快，不愧是刺青界的第一把交椅。

「讚喔。」我大樂。

我想起身照鏡子，但沒有力氣。

怪怪。

「因為薰香有毒，非洲金波六葉花的球莖萃取，屬於暫時性肌肉麻醉，毒性大概可以維持五個小時，當然一直點著，藥性就一直持續下去。」Ken 頓了頓，聳了聳肩說：「我當然先吃了解藥。」

好專業的解說，但……啊？

什麼跟什麼啊？

「然後，這世上沒有螢光刺青這玩意。」Ken 嘆了口氣，拿下太陽眼鏡。

Ken的左眼翻白，瞳孔一片混濁。
拿下頭巾，遮住下巴鬍子。
這模樣……
「阿忠！」我大驚。
「所以，也沒有什麼還原藥水。」Ken遺憾似地搖搖頭。
我惶恐不已，拚命掙扎，力氣卻只夠跌下那張爛床。
「挪，屌翻了你。」Ken將立身鏡推到我面前，然後蹲在我前面。
我嚇傻了，這是什麼鬼畫符啊！
右臉像小孩被痛扁一頓後憤怒的塗鴉，左臉寫滿了各式各樣的機歪髒話。
鼻子上歪歪斜斜寫了一豎：「看三小，是沒看過帥哥吼！」
嘴唇旁寫了一圈：「請將臭屌放在裡頭尿尿，拜託拜託。」
下巴刺著落款：by刺青師Ken，然後附上一串營業電話。
「你毀了我！你毀了我！」我又驚又怒又想哭。
「毀了你？這樣就能毀了你嗎？對自己的抗壓性要更有自信啊。」
「！」
「這只是半毀，還沒完呢。」Ken將我扶起，將我脫光。
我全身狂顫抖。

但不是因為冷，而是Ken又拿起了刺針。

「刺些什麼好……你覺得《公民與道德》怎樣？還是《論語》？」

Ken開始在我身上亂刺青，動作粗魯又不麻醉，痛得我眼淚直流。

六個小時後，我全身上下寫滿了國中課本的內容，裡面還有好多塗塗改改的錯字，連包皮也不放過，被刺上「淋病洽詢專線：老畜生中醫診所，電話：78785278」。

醜死了。

醜死了。

醜死了。

醜死了。

這叫我以後怎麼跟女人做愛啊？

Ken拿出橡皮筋，我冷汗直冒。

「好像……是這樣？」Ken蹲下，瞇起唯一的眼睛。

橡皮筋啪搭啪搭，咻咻彈著我的睪丸。

我痛到吐，嘴角吐出細碎的白沫。

「對了，我以前有跟你說過麼？」

說過什麼？

Ken從抽屜拿出一把BB槍。

「那條狗是我養的。」

我暈了。

KEN
TATTOO
Revenge
WELCOME

星期三

插圖◎ sophie library

她很喜歡這間小餐廳。
不是因為擺飾、裝潢，或所謂的風格。
純粹是味道。
食物的味道才是餐廳的最原點。
小餐廳的名字她總沒心思記。
星期三。
她這麼喚它。

每個星期三晚上，她一定會在「星期三」用餐。
其他的六個夜晚，她都得去夜校上課，或是打工。
淋上蒜汁的羊肋排，一撮薯泥，幾片青菜。
簡單構成了美味。
她不是個特別謹慎特別固執的人，當然也點過別的菜。
但總沒有初遇那道蒜汁羊肋排的感動。
一見鍾情，或許可以用在這時候。
「多幸福啊。」她總是這麼閉上眼睛。
羊肋排後又是羊肋排，她的專情與定時出現，也吸引餐廳老闆注意。

「這麼喜歡吃羊肋排？」老闆忍不住。
「不，只有這裡的羊肋排。」她笑。
習慣，或許也是一種愛。

愛情來了。
她交往了第一個男友，陪她度過無數個星期三。
男友喜歡每個星期都嘗試不同的菜色。
「為什麼總是點羊肋排？」男友不解。
「變化不是我的專長。」她說。

後來，第一個男友離開了。
因為變化不是她的專長，卻是他的興趣。
他每兩個月換一次女友。
她的感傷並沒有停留太久。
她知道她的年輕充滿了多彩的未來，值得下一次的愛情。
於是，星期三裡充滿八次美好的回憶，用單一的味道持續記錄。

下一次的愛情再度敲門。
第二個男友，也喜歡羊肋排。
喜歡到，每次約會都點一客。
半年了，二十四個星期三。
「這麼愛吃羊肋排？」她很好奇。
「我喜歡所有妳喜歡的東西。」他深情款款。

她感到幸福。
喜歡的東西被喜歡，是一種無私的被包容。
她左手拿刀，右手持叉。
他也是。
她先吃薯泥，再吃排餐。
他亦然。
如此又過了另一個，二十四個星期三。
第四十九個星期三，又是兩客羊肋排。
「我們分手吧。」她感傷。

「分手？為什麼？」他震驚。

「因為你喜歡我所有的喜歡。」她黯然。

「……壓力很大？」他錯愕。

「不。」她。

「那是為什麼？我那麼包容妳。」他很悶。

「我不喜歡，跟另一個自己談戀愛。」她嘆氣。

有些愛，有些習慣，不適合永久分享。

那變成了複製又複製。

分手了。

幾乎不存在感傷。

她依舊在星期三，等待第三個情人出現。

從夜校畢業後，第十三個星期三。

菜單上的羊肋排消失了。

「……請問？」她錯愕，腦子一片空白。

「不好意思，星期三值班的廚師換人了。」老闆解釋。

「那羊肋排呢？」她緊張。

「我們還有很多好吃的美食。」老闆自信。

還有很多好吃的美食。

但就是沒有羊肋排。

於是，她開始漂浮。

星期一的燉豬腳、星期二的烤雞腿、星期四的……星期五的……

不對，都不對。

「不好吃嗎？」老闆。

「好吃。只是不對。」她嘆。

再也遇不到的味道，充滿了悲傷的想念。

若知道上次的羊肋排是最後一次相遇，她該吃得慢些。

她更怕忘記，羊肋排與舌尖一起溫存的味道。

忘記曾經重要的東西，會是多麼哀傷。

那是一場找不到亡者的喪禮。

第二十六個星期三，她很失落。

即使她不曾忘記過那味道。

第三十一個星期三，聞著枕頭上的氣息入眠。
她終於明白失落的原因。
她很怕，忘卻星期三的獨特。
小小餐盤上，短短的一個小時。
卻包含第一個男友的熱情。
第二個男友的體貼。
以及夜校生活的點點滴滴。
那是好幾個星期三。
靠著美好的，熟悉的味道保存在心底的記憶。

或許是不甘心，她將自己慢慢流浪。
每個星期三，她逐一在不同的餐館，點上一客羊肋排。
期待與熟悉的味道再度邂逅。
期待下一個被命名為星期三的小天地。

她不否認，星期三的味道並非最好。卻是最習慣。
習慣，所以眷戀。

2014.6.30.

變幻的愛情不適合她，亦步亦趨的包容她也不愛。
她尋的，或許是「又遇見你」的美味默契。

她流浪了整座城市，終於心碎離開。
無數個星期三，隨著漸漸淡去的味道，成了純粹的時間。
不再是記憶。
帶著行李，她來到新的城市。
然後又一座新的城市。

第八座城市。
星期三，變成了一星期中的七分之一。
不多，也不少。
不再特別期待，但她也忘卻了感傷。

在第九座城市，她認識了楊。
下雪了。
「聖誕夜，一起過吧。」楊說，像是不經意。

楊的房間很小，卻堆滿九個行李箱。

突兀的塑膠聖誕樹在牆角閃閃發亮。

「你也是異鄉人？」她。

「異鄉人？真好聽的名字。」楊從後面抱著她。

房間有張床，正適合取暖。

天亮了。

看著窗外的雪，被窩裡的她覺得很暖和。

「做點東西給你吃吧。」她吻著楊。

「不，妳多睡點。」楊掙扎爬起。

於是她縮回被窩，看著睡眼惺忪的楊走進廚房。

她醒時，小房間充滿了熟悉的味道。

楊燉了羊肋排，淋上蒜汁，一撮薯泥，青菜。

「這味道……」她深呼吸。

「小意思。」楊打呵欠。

吃了一口，她哭了。

曾經習慣的習慣，曾經的眷戀。
通過味道，無數個星期三重又想起。
「對了。」她細細品嘗。那曾經重要的失去。
「大學時，在餐廳打過工。」楊自己也吃了一口。

她望向牆上的日曆。
星期三。
她不確定什麼是緣分，但她似乎嘗過緣分的味道。
還有流浪的感傷。
「你愛我嗎？」
「一見鍾情呢。」
楊吻著她，在第三百零七個星期三。

jeudi 18 juin
2014.

我媽媽什麼都會替我解決

插圖◎九把刀

依照慣例，我必須在阿豐被注射毒液之前，進行最後的面談。
阿豐的囚房並無特殊，位於走廊的盡頭，如同他的人生。
房間只有一盞鎢絲燈泡。
他看起來精神奕奕，簡直可以用容光煥發來形容。
「即使到了現在，我還是相信，我媽媽。」阿豐微笑。
「是嗎？」我按下錄音機。
有一半被黑暗吞沒的房間裡，阿豐的眼睛閃閃發亮。
「我媽媽什麼都會替我解決。」

小時候我偷了鄰居的西瓜，啃了個乾乾淨淨，當場被當小偷抓了起來。
我媽媽哭哭啼啼，向鄰居道歉，還說我很乖，一定是被附近的野孩子帶壞。
我一邊裝哭，一邊覺得很有道理。雖然我並不認識什麼野孩子。
最後我媽媽向鄰居賠了兩個更大更甜的西瓜，換了我回家。
第二天我用老鼠藥偷偷毒死了鄰居養的狗。
我向媽媽炫耀，跟她說我報了多付一顆西瓜的仇。
媽媽很緊張，警告我這件事跟西瓜完全不同，絕對不能承認。

我懂了。完全明白。

那是我媽媽教會的第一件事。

我媽媽什麼都會替我解決。

「原來如此，後來呢？」我看著阿豐。

阿豐的表情很淡定，眼睛看著錄音帶在機器裡慢慢地捲動著。

「你小時候，有在同學的座位上放過圖釘的經驗嗎？」

「類似，我放過蠶，也放過蚯蚓。」

我承認，觀察著阿豐看我敘述過往之惡的表情。

「但我不覺得那是對的。長大後我知道自己當時很混蛋。」

「是啊，一開始只是單純的好玩。」

小學三年級，隔壁座的同學一直超過桌上的那條粉筆線，我警告他，他不聽。

下課時我偷偷在他座位上放了一枚圖釘，讓他不只屁股流血，還嚇到摔跟斗。

我媽媽第一時間趕到學校。

我一看到我媽媽，忍不住就一直哭。

我媽說我在家裡一直都很乖，缺點就是太善良。

我媽媽百分之百相信自己的兒子，請老師不要誣賴我，造成我身心發展的陰影。

老師連忙叫了好幾個小朋友過來，強調很多人都看到了，不是針對我。

我一直哭一直哭。

我媽媽很生氣，說這是集體霸凌，所有小孩都聯合起來欺負我，她要跟校長告狀。

老師趕緊道歉，說她會好好調查這件事。

回家後，我媽媽煮了一桌子菜安慰我，告訴我放圖釘在別人的椅子上很危險。

我說，我懂了，謝謝媽媽。

我沒說的是，以後我會注意我在放圖釘的時候有沒有別人看到。

不過我再也沒有放過圖釘了。

第二天，我被換到教室的最角落，一個沒有辦法被任何人欺負的好位置。

我很高興。

我媽媽什麼都會替我解決。

「看起來造成了反效果。」我聳聳肩。

阿豐皺眉，完全不知道我話中的意思。

「……我聽不懂你在說什麼。」

中學時，我在學校抽菸被教官抓到。
我媽媽到了學校後，一直跟教官鞠躬道歉，嚇了我一跳。
回家後，我媽媽向我抱怨，不要老是在學校惹是生非，讓她一直跑學校。
我不懂我媽在說什麼，直到我在學校把一個同學的鼻子打歪。
我媽媽這次不道歉了，直接把錢放在校長室，然後帶我轉學到另一間學校。
我不懂我媽在做什麼，直到我又把另一個同學的眼睛打瞎。
這次我媽媽放了更多錢在校長室，馬上帶我轉學到另一間學校。
在車上，我媽媽嘆氣說，無論如何不要再讓她一直跑學校了，轉學很累。
我總算有點懂了，於是我不再去學校。
早上我在桌子上拿了零用錢，就跑去網咖打怪，打到放學才假裝下課回家。
我一直打怪，一直打怪，一直打怪，最後打到一個帶未成年少女去賓館打砲。
她很笨，我說不想用保險套她也隨便我。
她笨到懷孕了。
她笨到不肯墮胎，說要嫁給我。
神經病，我只好直接用腳把她的肚子踹到流產。
「這下完蛋了。」我直言：「太超過了。」

「……」阿豐看著我，好像不知道我在說什麼。

她反正是沒東西可生了。

一點也不關她爸爸的事，他卻像瘋子一樣衝去網咖找我談判。

我沒空，因為要打怪，那時好像急著要打一套紫裝，只好打電話叫我媽媽。

我媽媽跟她爸爸說，直接說個數字，要不然我也是未成年，大家走著瞧。

她爸爸說了個數字，我媽媽直接除以二又除以二。

她爸爸收了那一點點錢就走，看樣子也是個大白痴。

我媽媽去學校大吵一架，說我沒去學校她都不知道，是學校管理嚴重疏失。

我媽媽強調，我原本是一個很乖的小孩，都是學校的教育太散漫才讓我做錯事。

本來學校廢話還很多，直到我媽媽說認識很多記者，學校才開始低聲下氣。

我覺得很自豪。

果然，我媽媽什麼都會替我解決。

「你自己覺得，有沒有去學校跟你會變成今天這樣，有多大關係？」

「嗯？」

「學校把你退學，造成了心理傷害對你後來的人格變化有什麼影響？」

阿豐的眼神向著我，卻像向著一團空氣。

「人格……什麼變化？」

我覺得人要互相一點。

至少我媽媽跟我之間要互相體諒。

為了避免我媽媽整天跑學校心煩意亂，我沒有上大學，整天在路上閒晃。

閒晃真的很無聊，加上我已經成熟了，至少成熟到不想再去網咖打怪。

連打怪都懶得打了，時間一下子變得很多。

多到我一直用睡覺去浪費都浪費不完，睡太多精神反而變得很差。

這樣下去是不行的，我必須振作起來。

有一天我看到有一隻流浪狗在翻垃圾桶，看起來很瘦，很可憐。

想說閒著也是閒著，我就把牠帶到附近一塊工地。
我花了三個小時才把牠殺死。
我覺得，還有進步空間。
於是我又帶了另一隻流浪狗去沒人的荒地，這次我花了五個小時。
我想我終於找到了自己的強項，決定好好磨練。
我總共殺了二十一條狗，十四隻貓，時間什麼的就不重要了，純享受。
到現在我還搞不懂自己是怎麼被找到的，總之我進了警局。
我第一次看到那麼多相機，那麼多人圍著我。
記者問我為什麼，我說，不殺狗，不殺貓，難道是要我殺人啊白痴。
結果報紙說我心理變態，電視上的名嘴數落我有嚴重的暴力傾向。
但我媽媽對著鏡頭哭說我是一個很乖的小孩，只是被同學霸凌，被學校放棄。
被同學霸凌過，情緒管理才有問題。
被學校放棄了好幾次，等於被體制遺棄，才害我對這個社會適應不良。
我媽媽說，我犯下的罪，整個社會都有責任。
不知道被罰了多少錢，總之我很快就被放出來了。
我很高興。
我媽媽什麼都會替我解決。

「一個人犯罪，整個社會都有責任，這句話還真是好用。」我失笑。

「……我媽媽這樣說，就一定對。」阿豐的眼神很堅定。

「那麼，如果時光倒流，你希望這個社會如何對你重新教育呢？」

阿豐微笑。

「神經病。」

報紙不是我的世界，所以我不理會。

電視也不是我的世界，我也不想理會。

但網路是我的窩，我用了好幾個名字活在裡面。

網路上很多人罵我，叫我有種不要殺貓殺狗，只會欺負小動物，有種就殺人。

我覺得滿有道理的，於是我就買了一支刀子，開始思考怎麼踏出第一步。

我想，循序漸進還是滿必要的。

幾天後我隨便說了幾句話，就在一間小學門口帶走一個小男生，去了一間廢屋。

小男生對接下來發生在他跟我之間的事，有很多感想。

我想仔細聽，卻聽得模模糊糊，大部分的過程我都只聽見他在亂叫。

「比如說？」

「比如說，啊啊啊，喔喔喔喔，呼呼呼呼，嗚嗚，還有……」

「還有？」

「叔叔求求你，請你送我去醫院。」

我覺得人會說話，這一點滿好的，比起來我殺貓殺狗的時候其實很無聊。但不知道這個小男生為什麼要我送他去醫院，那樣子根本就完全壞掉了嘛。完全沒有聲音之後，我覺得很累。

我沒有仔細計算時間，但至少過了五個小時。

從小我吃東西後碗盤從來都直接放桌上，不洗的，連拿去廚房都懶。所以把那個小男生弄剩那個樣子，筋皮力盡的我也就隨便把他扔著。

我回到家，洗澡，吃飯，睡覺，然後起床。

兩天後我才從網路上看到協尋小男生的新聞，那個時候我開始覺得有一點異樣。

「是有一個大秘密，而全世界只有你一個人知道的感覺嗎？」

「不算是。」

「那你所謂的異樣是指？」

「頭一次，我覺得這個世界，還是社會吧，跟我有一點點關係。」

「你喜歡這種感覺嗎？」

「我不知道，但確實也不討厭。」

總之我又出去找小孩子打發時間。

只一次我就想通了，這其實無關循序漸進。

我在挑狗挑貓的時候不會去想牠們是老狗還是小貓小狗。

那為什麼，我在挑人的時候要想這麼多呢？

後來，我陸陸續續又把十幾個小孩子堆在那個廢屋裡。

我很用心做我該做的事。

不過從他們發出的聲音聽起來，我知道他們又害怕又討厭我。

只要我夠有耐心，到最後什麼奇怪的字眼都會從那些小孩的嘴巴裡說出來。

要是他們知道，長大後要不是很辛苦，要不就很無聊的話，反應就會不一樣了。

這些小孩子會很感激我，感激我幫他們解決了人生中最困難的部分。

只是那個廢屋越來越臭。

那真的是一種難以忍受的氣味，聞久了鼻子當然不舒服，頭也會很痛。

正當我打算換個新地方時，我就被警察抓了。

嗯，就跟大家知道的都一樣，就是幾隻野狗把一些手腳叼出去吃，才會被發現。

我沒什麼想法，也沒什麼好後悔的。

時光倒流我還是不會好好清理那種地方，只為了我可以繼續殺更多人。

我不是變態，我又不是因為喜歡殺人才殺人，我只是單純打發時間。

反正，我媽媽什麼都會替我解決。

錄音帶連一捲都沒錄完，阿豐的故事就結束了。

他用了最短的話，隨隨便便就交代了他為什麼會出現在死囚房裡。

「從案發到審判，一路到現在你媽媽都沒有來看過你，你會難過嗎？」

「只是來看我，並不能解決問題。」

「？」

「她一定在想辦法。」

阿豐的語氣並非逞強，而是一種堅定。

「外界對你媽媽責難很大，說她沒有好好管教你。」我話鋒一轉。

「跟她沒關係，我會變成這個樣子，是整個社會的責任。」他嗤之以鼻。

「所以又是整個社會的責任了？」

「難道不是嗎？我媽媽去學校幫我說話後，老師把我孤立起來，就是放棄我。」

「所以老師因為不想面對怪獸家長，從此不管你，老師也有錯是吧？」

「嗯，然後我媽說要找記者，學校就不敢追究也懶得處罰我，學校很偽善。」

「是很偽善。」我完全同意。

「我殺貓殺狗，被抓了，我媽在鏡頭前面隨便哭一哭，我就被放出來了。」

「你還有被罰款吧。」

「罰多少錢我不知道，但我沒有被送去做真正的精神治療。」

「你自認需要精神治療嗎？」

「我只是被安排去上幾堂心理輔導，只要去聽講就算數，政府根本沒有心要幫我。」

「嗯，政府只是習慣性做做樣子。你會這樣，政府脫不了關係。」

「家庭教育也很重要，從小，我媽媽都會再三跟我說，小心不要被陌生人拐走。」

「但你拐走了很多小朋友。」我質疑。

「是的，我只是亂編一些理由就成功了，他們的父母根本完全失職。」

我無語了，原來還可以有這種論點。

「說到家庭教育，恐怕當初那個被你搞大肚子的女孩的爸爸，家庭教育也失敗了。」

「完全正確，教出那種隨便跟人上床的笨蛋女兒，根本不配當人家爸爸。」

「……」

「更重要的是他一下子就被錢打發走了，沒有好好教訓我，向我機會教育。」

「……」

「我會這樣，不是我自己一個人的錯，是整個社會慢慢把我害成這樣的。」

時間差不多到了。

我看著阿豐。

雖然控訴著這個社會，但他並沒有憤世嫉俗的表情。

沒有仇恨，沒有抵抗，沒有反省。

也沒有道德。

我切掉錄音機。

「時間差不多到了，我們走吧。」

「知道了。」

門打開，我領著阿豐慢慢走在深長的囚廊上。

他很有自信，完全迥異於一般面對死刑的犯人，走路很穩，呼吸很沉。

阿豐的自信，或者，阿豐對他媽媽的自信完全有道理。

我領他走過刑場的時候，我們只看到法警裝模作樣對空鳴了兩槍。

兩槍，規定的兩槍。

僵硬的法律儀式結束。
兩槍，都沒有打在今天晚上被規定要與世隔絕的人身上。
我們繼續走著。
「這是出於你媽媽的安排。」我承認。
「我就知道，我媽媽什麼都會替我解決。」阿豐微笑。
我帶阿豐走到刑場的後方。
一間平常用來暫時堆置，剛剛行刑完，還有些溫溫的屍體的小房間。

他媽媽就在裡面。
想必是等了很久，坐在黑暗裡的他媽媽，看起來分外憔悴。
「我們可以走了吧。」阿豐舉起手，示意我解開手銬。
「阿豐，你惹了太多麻煩，這一次，媽媽不知道該怎麼辦。」他媽媽看起來很累。
「回去再說。」阿豐再一次舉起手銬，表情略不耐煩。
他媽媽嘆氣，感覺比阿豐的不耐煩更不耐煩一點。
「媽媽沒那麼多錢了，只好把你賠給人家，反正結果都是一樣。」
「反正結果都是一樣？」
我走出那間停屍小房的時候，他媽媽也一起跟了出來。

跟我們錯身而過進房的，是一群拿著鐵鍬、圓鏟、木棍、鋸子跟水果刀的人。

他們沒有說話，眼睛充血，拿著傢伙的那隻手不約而同用力到微微顫抖。

其中，我注意到有一個人拿著止血用的塑膠軟管。

我看著他媽媽頭也不回地走了。

默默的，我將幾張沾了腎上腺素的鈔票放進口袋裡。

負責把風的我，得從現在開始計時。

說好了五個小時。

但我想超過一點時間的話，誰都不會介意吧。

畢竟那些小孩子的爸爸媽媽，得在裡面好好對阿豐進行一場充分的社會教育。

大概就像阿豐說的，今天他會變成這個樣子——

整個社會，都有責任。

明天星期幾

插圖◎子健

電視綜藝節目上，戴著花俏眼鏡的主持人鄭重拉開厚重的布簾。

三個神情有點焦躁的小朋友，坐在鐵椅子上，搖頭晃腦。

他們的眼睛全失了焦距，無法盯著鏡頭。

「各位觀眾！上帝關了一道門，必打開另一扇窗！」

主持人很激動，展示著台上三名小孩。

「自閉症就是最好的神蹟，上帝並沒有放棄任何人！」主持人大吼。

觀眾鼓掌。

「自閉症兒的腦中，其實都藏著神秘的才能——歡迎第一位小朋友！」

帶著不安的表情，第一個自閉症兒童勉強上台。

莫名其妙的，主持人在桌上撒下一把綠豆。

現場觀眾屏氣。

攝影機快步挪前，給了桌上的綠豆一個大特寫。

「告訴大家，有幾顆綠豆！」

小孩愣頭愣腦，有些不知所措。

主持人尷尬，用力拍了一下小孩後腦。

「三百……三百四十七顆。」小孩吃痛，口齒不清。

穿著泳裝的兔女郎親切點數，果然沒錯。

觀眾讚嘆。

主持人又撒了一把，這次的數目更多。

「一千四百……零六顆。」小孩只看了一眼，便畏畏縮縮說出。

現場徵求觀眾志願上台，一數，果然分毫不差。

「只能說，是上帝的巧思！」

主持人大吼，觀眾熱烈鼓掌。

導播滿意地點頭。

第二個小孩怯生生站起，像隻營養不良的猴子。

兔女郎微笑，用黑布蒙住小孩雙眼。

主持人示意志願的觀眾上台，坐在小孩旁。

那是一個中年發福的男子。

小孩雙眼不視，緊張得發抖。

「請畫出這位小姐的模樣！」

主持人故意將先生說成小姐。

小孩接過紙筆，脖子一歪。

小孩顫抖地在垂直畫紙上，畫出一旁觀眾的長相與穿著。
半禿的頭，黑色的粗框眼鏡，嘴角上的一顆肥痣，大大的肚子。
觀眾嘖嘖稱奇，驚叫聲此起彼落。
好像有股力量支配著小孩的手，精準地「印出」他沒能看見的一切。
「太神啦！是不是太神啦！」
主持人舉起雙手，收視率又飆高兩個百分點。
主持人卻沒看見導播垮下來的臉。
他開播前遲到，錯過了討論，以致搞不清楚小孩出場的順序。
主持人讓節目最後的大高潮提早出現，讓有透視能力的小女孩先登了場。
完蛋了。
這下反高潮了。

現在，第三個小孩猛抓著頭髮，被現場的氣氛給嚇呆。
「現在，最後這個小朋友……」
主持人正要介紹，立即發現自己搞錯了順序。
糟糕。
這小孩不過是邏輯推演的高手。

但這個〈大驚奇〉節目為了避嫌作假，是搞現場的，順序亂掉了也只好繼續下去。

「將帶來上帝另一個奇蹟！」主持人強自冷靜。

兔女郎搬出一台電腦，將畫面投影到偌大的布幕上。

全場觀眾好奇，這次到底又是什麼特殊能力。

「請問！西元一九七六年七月八日，是星期幾？」主持人刻意拉升音量。

小孩兩眼失神，腦袋旋轉著。

「……星期六。」

電腦裡的萬年曆一推算，也是星期六。

「奇蹟啊！」主持人振臂狂呼。

雖不若剛剛那麼熱烈，現場響起掌聲。

「第二題！西元一七三四年十二月十四日，是星期幾？」

「……星期一。」

就這樣，主持人故作興奮地問著，小孩答著。

但觀眾注意到，日期越久遠，小孩的脖子就轉得越快、越久。

主持人當然也看出來了。

為了娛樂效果，主持人故意問起遙遠的西元五年的某日是星期幾。

小孩的脖子轉得跟電動馬達一樣，啪搭啪搭作響。

觀眾哈哈大笑。
「……星期四。」小孩累得滿頭大汗。
投影畫面顯示，電腦的計算也是一樣。
觀眾大笑拍手，顯然是被小孩快要轉斷掉的脖子給逗的。
底下的導播滿意地豎起拇指。
「就算脖子扭斷了也沒關係……不，這樣更好！」導播心想。
那樣的話收視率一定竄到爆高。
反正，這些小鬼都是從孤兒院邀請出來的、根本沒人理會的可憐蟲。
主持人受到鼓舞，精神振奮。
「那麼……請問西元一〇〇〇五年十月十七日是星期幾？」
主持人打算用這誇張的題目當作爆笑的結束。
小孩氣喘吁吁，只好又開始轉起頭來。
這下轉得可厲害，觀眾又是一陣哄堂大笑。
小孩卻戛然停住，脖子發出奇怪的喀啦聲。
「……看不見。」小孩神色恐懼。
現場所有人面面相覷，氣氛尷尬。
主持人咳嗽，機智道：「當然啦！那時地球說不定已經毀滅啦！」

底下觀眾又是一陣哄堂大笑。

有人舉手：「哈，那近一些吧，明年七月二十七日是禮拜幾？」

小孩又開始轉。

才轉了幾圈，小孩就驚恐地要逃走。

兔女郎抓住小孩，小孩開始嘔吐。

現場瀰漫詭異的不安。

「到底是禮拜幾啊？」有人大聲問。

「……看……看不見。」小孩抽搐。

觀眾席一陣狂騷動，主持人臉色大變。

「說不定再過幾年，我們人類已經不用『星期』的曆法制度啦！」

主持人鎮定，刻意嘻皮笑臉。

下一秒小孩竟跪倒在台上，眼睛上吊翻白，全身像是觸電一樣抽搐。

不安情緒瞬間蔓延開來。

一個婦人開始唸起經文，幾個人在胸前劃十字架。

大家變得坐立難安。

一個中年人咬著手指大叫：「靠！看不見個屁！」

一位學生站起：「那明天是禮拜幾？」

不得不接受運算的要求般，小孩的腦袋依舊開轉。

觀眾侷促等待。

喀啦一聲，頸子脆響。

小孩兩眼瞪大，嘴啞啞張著。

死了。

現場尖叫此起彼落，有人昏厥。

收工。

「導播！收視率飆到56％！」執助狂呼。

導播沾沾自喜，真是意外的收穫。

應付新聞局跟投書抗議那種鳥事，就留給明天再說吧。

今天可要大肆慶功一番！

□

美國，白宮。

因為跟中情局局長的姦情醜聞迅速在媒體間爆發，這位總統正考慮自殺。

他瞪著抽屜裡的那把槍，已經瞪了整整一個小時。

扣下扳機前，總統決定多按一個鈕。

「Fuck you all！」

瞄準全世界一百七十座城市的核彈，緩緩升空。

核彈後戀人

插圖◎固米克斯

核子彈

在城市裡

化成一束不斷拔昇的火球，

直竄到兩千呎高空。

熾熱的火焰在三十秒內吞噬每個角落。

這城市舊的名字熔解在高溫裡。

新的名字遲遲未能誕生。

每個活人都破碎了。
有的失去眼睛，有的失去臉，有的僅剩下心跳與呼吸。
地上的斷手斷腳與褐色碎石摻雜一塊

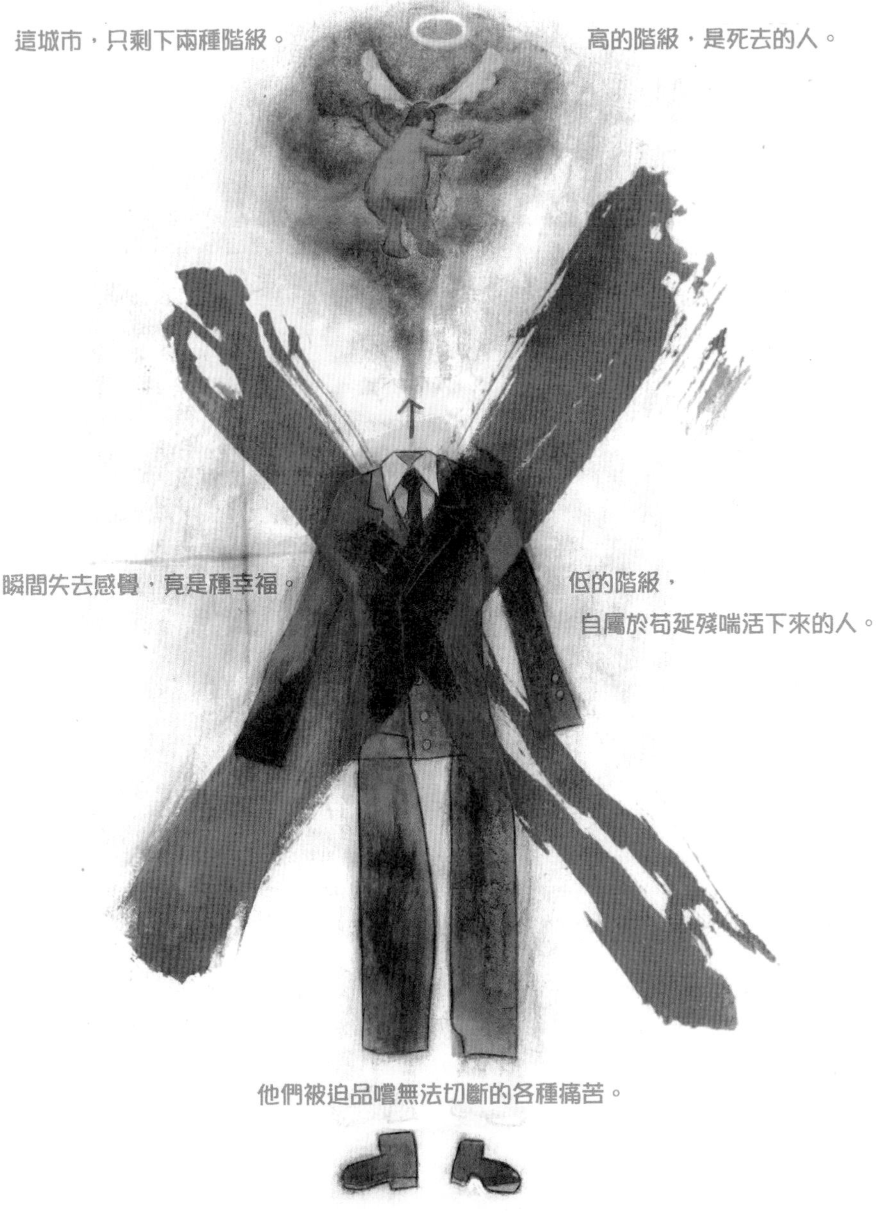
這城市，只剩下兩種階級。
高的階級，是死去的人。
瞬間失去感覺，竟是種幸福。
低的階級，
自屬於苟延殘喘活下來的人。
他們被迫品嚐無法切斷的各種痛苦。

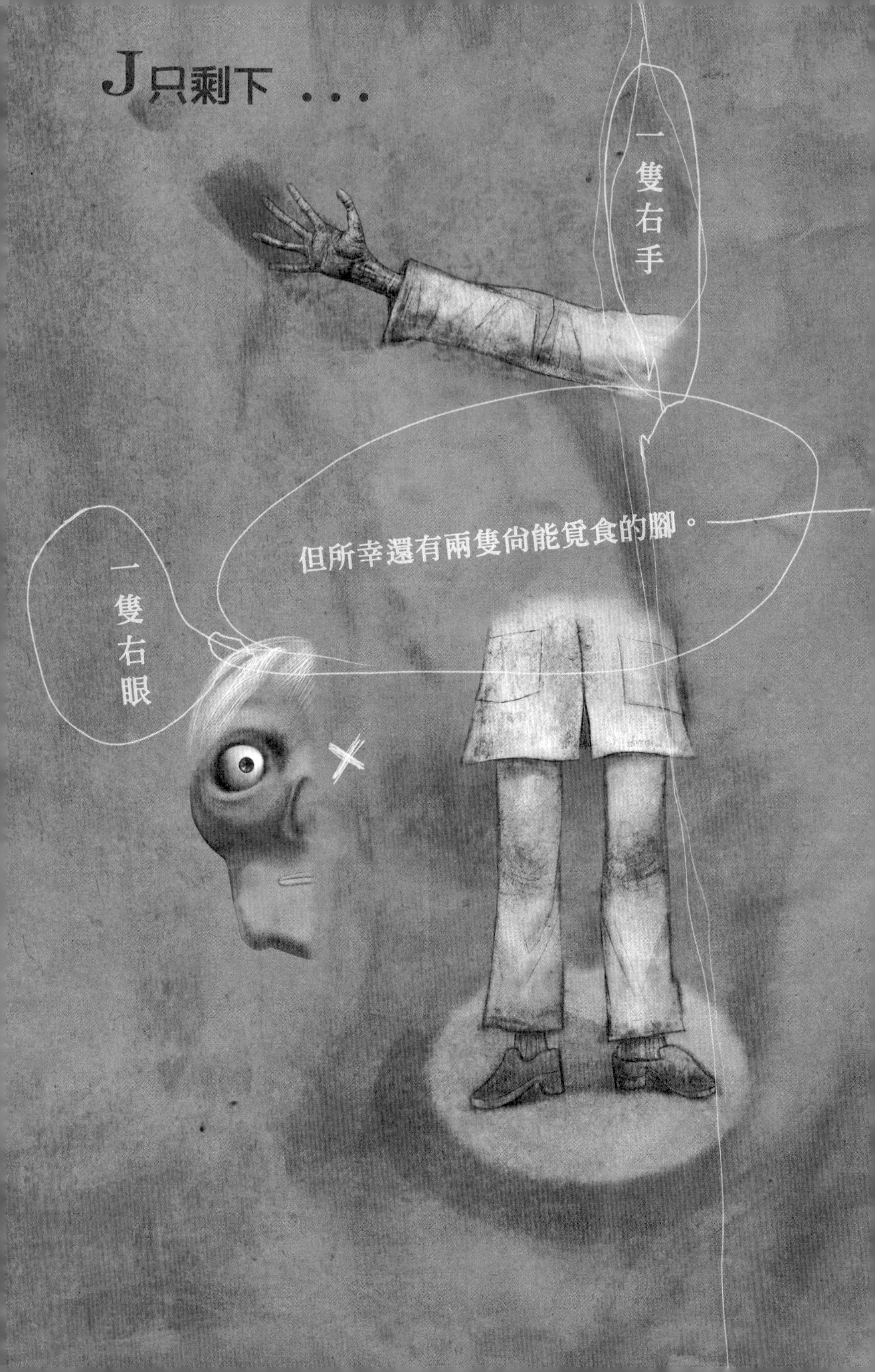
J只剩下 ...
一隻右手
一隻右眼
但所幸還有兩隻尚能覓食的腳。

萬物被高溫 扭曲 變形。
好糟糕。

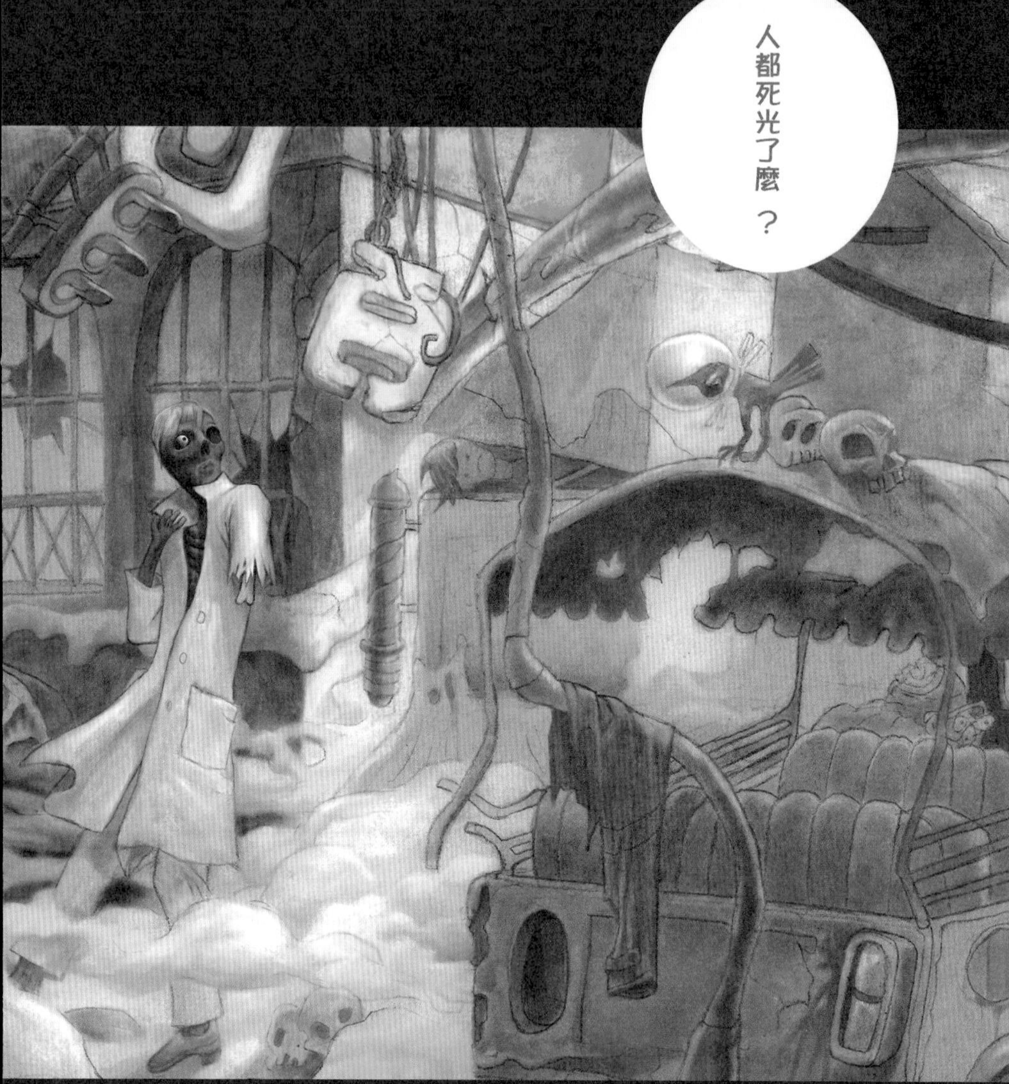

J漫步在塵埃重重的街道上。

在核爆後的第 九十九 天

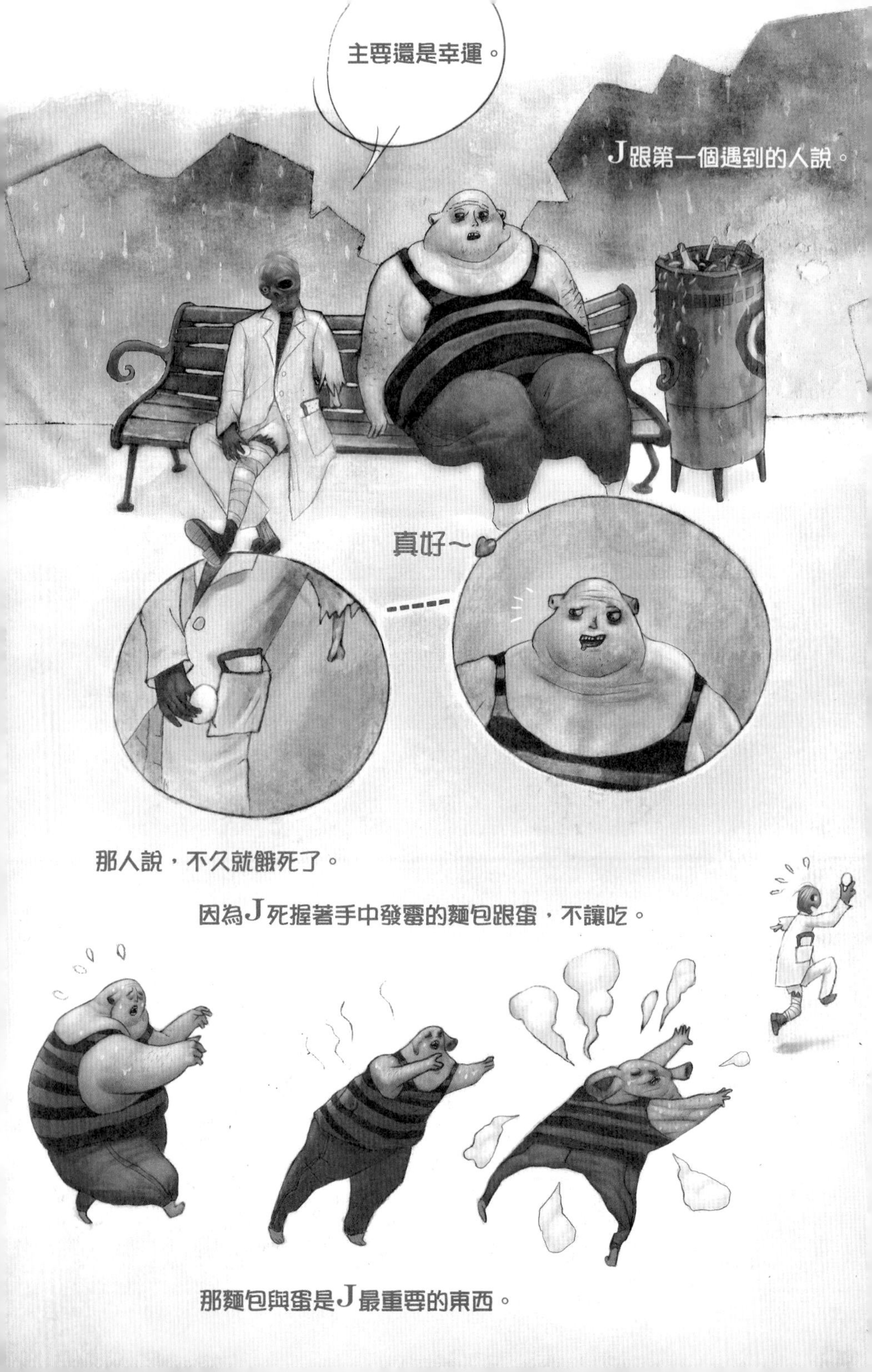
主要還是幸運。
J跟第一個遇到的人說。
真好～

那人說，不久就餓死了。
因為J死握著手中發霉的麵包跟蛋，不讓吃。
那麵包與蛋是J最重要的東西。

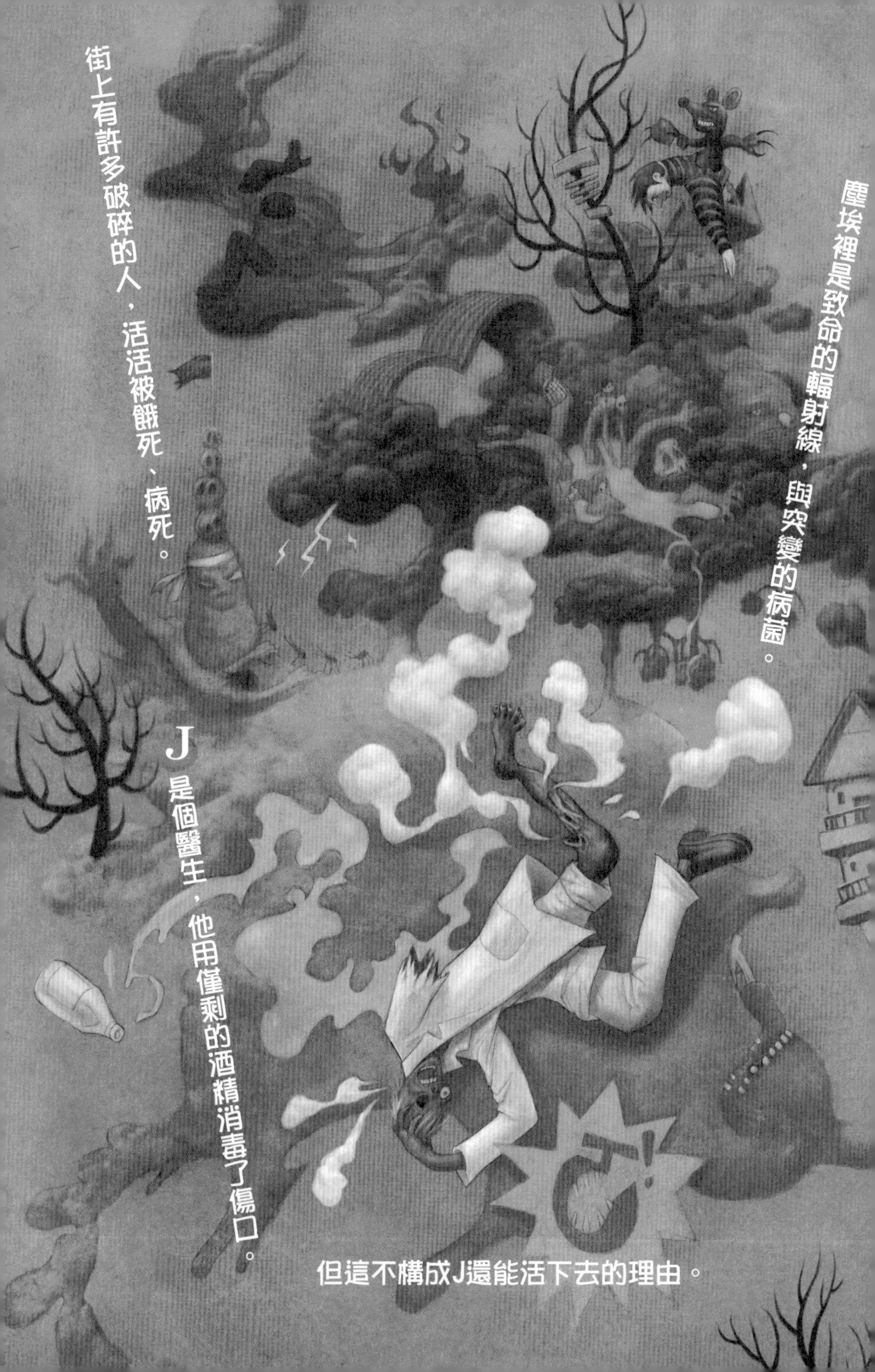
塵埃裡是致命的輻射線，與突變的病菌。
街上有許多破碎的人，活活被餓死、病死。
J是個醫生，他用僅剩的酒精消毒了傷口。
但這不構成J還能活下去的理由。

何況J的陰莖烤焦了，只剩跨下一塊痂。

他不存在亞當夏娃的重建夢想。

只是這樣。

可能的話，一個男人該和一個女人做點什麼才死。

「找個女人吧。」J告訴自己。

重要的東西只能與重要的人分享。

很幸運，真遇到了個女人。

「小夥子，你有麵包啊！」女人笑吟吟。

女人裸露，左邊乳房烤成歪七扭八的瘤。

「妳好醜。」J掉頭。

女人無力追出，單腳跑不快。

做點什麼，不過是手牽手之類。

剛剛那人兩隻手都斷了，所以還是算了。

J走進一間酒吧，以前J總在裡頭釣馬子。

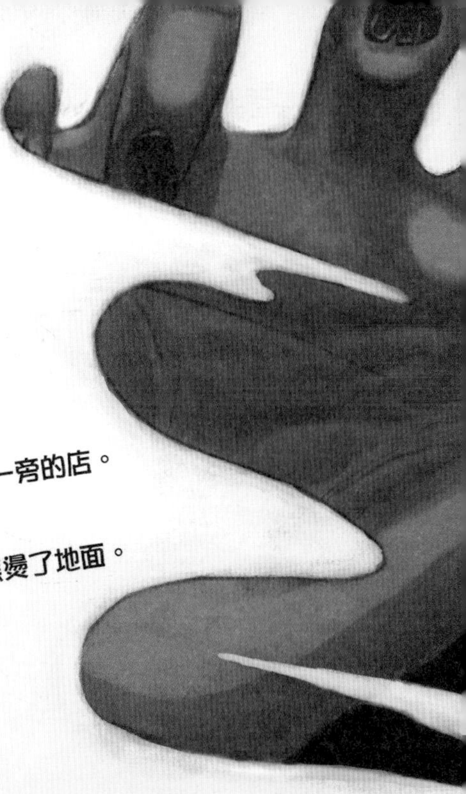

J很感傷。

這城市的新審美觀有待商榷。

遠處風吹落一大片黑塵，J趕緊躲進一旁的店。

轟隆聲中，黑塵蓋住了幾十具屍體，焦燙了地面。

溫度又上升了好些。

老頭說，

靠著施打點滴，斷了雙腿的他才能苟活下去。

「當然最後還是死，不過我想試試，

能不能成為這城市活最久的人。」

老頭竊笑。

即使只剩最後兩包葡萄糖。

J喘氣。

他的肺吸了太多次黑塵，灼傷了大半邊。

「在找女人？」背後的聲音。

一個老頭的手吊著點滴，愉快地打招呼。

「真幸運找到這些點滴。」老頭得意。

黑塵的熱效應緩了些，J戴起口罩快速通過。

在下個十字路口，差點撞上一個老女人。

「不好意思，黑塵太濃了。」J打量老女人。

四肢健全，只是半張臉毀。

年紀超過了六十吧？J想。

「失禮了。」

J拿起吸管，

插進吊著的點滴裡大口吸吮。

老頭大驚，伸手亂抓。

點滴瞬間乾癟，J順手拿走最後一包。

臨走前，還不忘用吸管猛吹空氣。

猛然聽見車子引擎的呼嘯聲。

在哪？

J急跑。

車子駛進對街，聲音消失。

J心中升起希望。

「可以分我吃一口麼？」老女人。

「如果在十分鐘前的話。」J感嘆。

可不是？

但多了包葡萄糖液，另一半的條件應該更好才是。

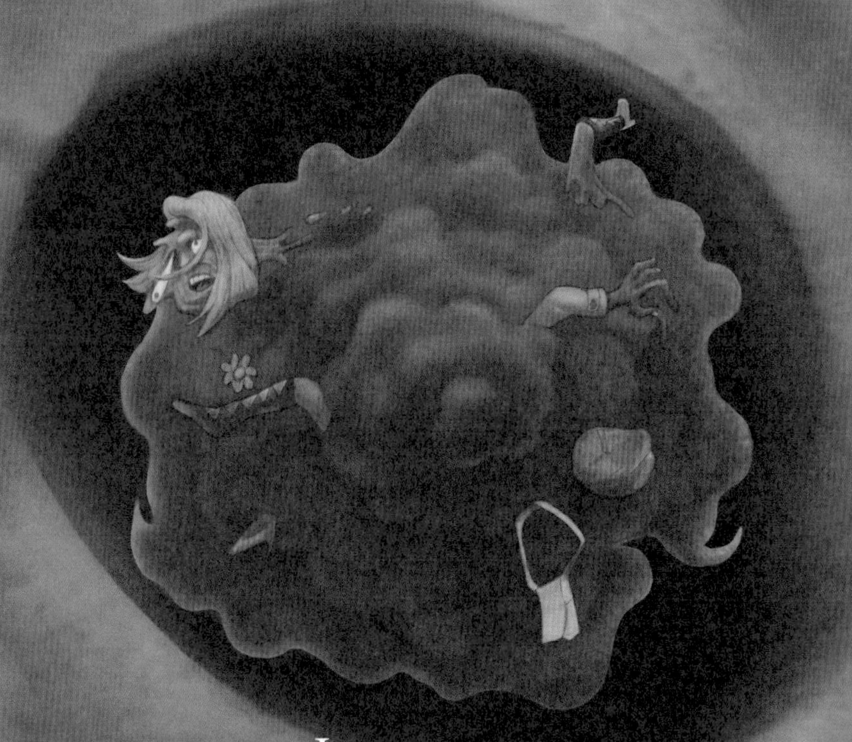

將老女人推進黑塵後，J難過前進。

人真是不知足啊，J怨恨自己。

「妳好美。」J瞪大唯一的右眼。

除了頭髮因輻射掉光，

這女人就跟核爆前所有女人一樣。

完整。

年輕。

「現在還活著，很了不起。」
女人開門：「進來吧。」

J來到車子旁，又開始喘氣。

車裡的人已經離開。

一條臉被毀的狗狂吠。

「竟還有狗活著？」J驚訝。

狗很壯，隔著龜裂的玻璃對著他叫。

玻璃後，是個 女人。

「活命……然後找女人。」J嘆。

「我也是，一直都在找男人。」女人咬著下唇。

真美。

這女人，
篤定是這城市最美的存在。
J一直想說的話，
終於可以說出口。

「末日了，
妳我是這城市
最後一對戀人。」
J感性地說。

伸出唯一的右手，
捧住女人臉頰。

上帝保持女人完整，
必想成就這末日之戀。

「說得好。」
女人感動。

J拿出麵包、蛋、跟點滴袋，滿懷期待進屋。

地下室，藏著些許水、蒐集來的乾糧。

「九十九天來，你都在做什麼？」女人問，摸著狗粗厚的頸子。

狗瞪著J。

這下換女人傻眼。

沒看到什麼鳥，只有一塊滲水的焦疤。

J光著屁股臉紅，狗狂吠。

「走吧，找最高的樓，在核塵海上分享我僅有的食物。」J邀請。

卻見女人急速脫了精光，露出輻射斑滿佈的姣好身材。

「上我！」女人眼睛熾熱。

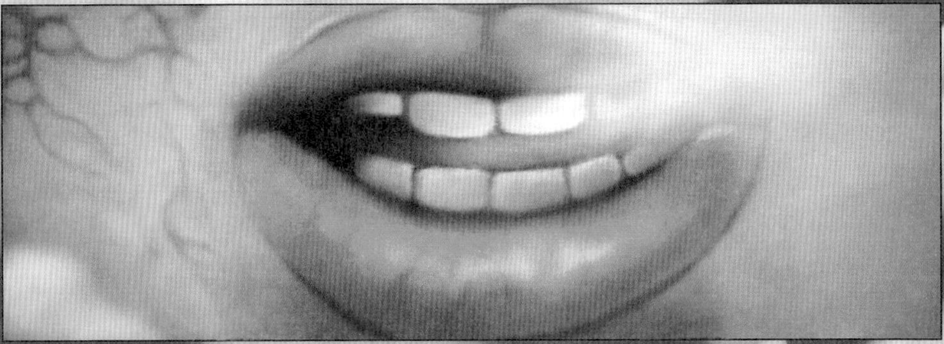

J傻眼。

「還等什麼？」女人焦急，迅速解下J的褲子。

一旁的狗發出敵意低吼。

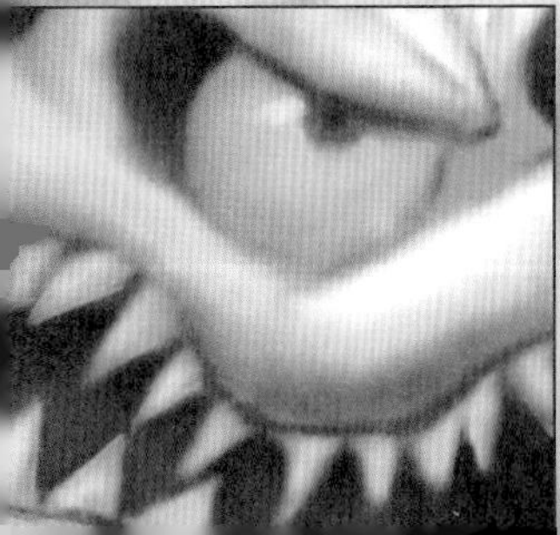

核塵重鎖的城市。
地上乾癟的點滴袋。
一個跨下鑲著塊焦阿疤的男人，
帶著發霉麵包跟臭掉的蛋，
繼續尋找另一個，願意與他純粹牽手，
談幾分鐘戀愛的女人。

操！等了九十九天，來的男人竟不如一條狗！」
女人憤怒地將發的霉麵包丟到J臉上。
壯狗得意地吐舌，又吠。
「滾！」女人歇斯底里大吼。
J難堪地離開。

不要回頭

插圖◎ Fishsun

弟弟掉下去的時候，只有潔在旁邊。
十三樓，不吉祥的數字，不吉祥的高度，讓年幼的弟腦漿迸裂，寸骨寸折。
警察用粉筆在地上，畫出一團很難稱得上人形的痕跡。
鮮紅色的圖騰漬在地上，漸漸變成褐色，黑色。黑色。黑色。黑色。
掃地的歐巴桑用漂白水奮力刷了好幾次，仍舊刷不掉那不規則的黑色。
也無法刷掉幼子驟逝的悲傷。
媽嚎啕大哭了七天，哭得幾乎要送急診。
爸也捶牆撞壁七天，痛斥自己為什麼只留下小孩子在家。
但除了悲傷，這件慘劇還瀰漫著詭異的色彩。
陽台不高。
但也不是一個五歲小孩能翻過去的。
街坊議論紛紛。
尤其，弟弟摔成肉泥的那天，正是弟弟的五歲生日。
爸跟媽當時不在家，因為出門挑選弟弟的生日蛋糕。
原本應該喜氣洋洋慶祝一番的日子，卻只能點上兩根白蠟燭。
「當時有個老婆婆，將弟弟從陽台丟下去呀。」

潔回憶的時候，身子都在顫抖，臉上俱是淚痕。

爸跟媽震驚，雞皮疙瘩。

這話出自七歲女孩之口，格外陰森恐怖。

「胡說！家裡哪來的老婆婆？」爸喝斥。

「那老婆婆穿著黑色袍子，長得好像……」潔哭得厲害。

長得好像，家裡神桌上的某張照片。

媽大驚，立刻抓著嚇壞的潔到偏堂神桌前。

「哇！」潔大哭，躲到媽背後。

黑白照片裡，正是穿著黑袍的、過世的奶奶。

媽害怕大叫，爸身子劇震。

「……怎可能？媽怎麼可能會這麼做！」爸駭然。

「我不要在這裡！」潔尖叫，昏倒。

不久後，模樣猥瑣的法師到家裡辦喪事。

招魂時，銅鈴規律地噹噹噹響，似在安撫亡者的靈魂。

冥紙從那灘黑色的不規則血跡，一路撒到樓上。

「林振德回家啦！林振德回家啦！」法師吆喝，一身黃袍。

爸摟著媽，擦眼淚，跟在法師後面一齊叫著弟弟的名字。
法師口中唸唸有詞，在客廳舞弄木劍，潑灑淨水。
潔瑟縮在沙發椅上，在指縫中瞇起眼睛。
爸跟媽也注意到潔的反常，原以為潔正在為弟的死亡感到難過時，潔開口了。
「法師……」潔恐懼的聲音。
「啊？」法師愕然，停下木劍。
潔整個人蜷成一團。
爸跟媽見了，心突然都揪了起來，一股不安的寒意直透背脊。
「你後面……」潔的臉發白。
法師臉色微變。
冷氣好像驟降了幾度。
法師聽街坊說過，潔「看見」奶奶推弟弟下樓的事。
木劍尖顫抖，眉毛滲出水珠。
「有個紅衣小女孩……在你……背上……」潔雙眼翻白。
法師大驚，嚇到整個人跳到餐桌上。
「什麼紅衣……在哪！在哪！」法師抄起符咒，驚惶大喊。
媽趕緊抱住潔，爸不知所措。

「砍死妳！」法師木劍亂砍一陣，最後重心不穩跌下。
一聲破碎的慘叫，法師竟斷了兩根肋骨。
醫護人員扛走法師時，躺在擔架上的法師仍惶急地大叫。
「那……鬼長什麼樣子？走了沒有？走了沒有？」驚恐的情緒難以平復。
爸媽則在客廳不斷安撫受驚過度的潔，既心疼，又難以理解。
為什麼這孩子要受這些莫名其妙的害怕呢？

大醫院，精神科門診。
「百分之百，幻視。」
「幻視？」
醫生輕輕咳嗽，清清喉嚨。
「父母不在家，弟弟意外猝死，姊姊因過度自責併發的生理異狀，引起神經功能失調。很典型的症狀。」
「那……怎麼辦？」爸嘆氣，看著一旁的潔。
「這症狀很少發生在小孩子身上，所以換句話說，也沒什麼好擔心的，多休息，多些陪伴跟關心就對了，這個症狀也許只是過渡時期的反應。倒是你們當父母的，別累壞了才是。」
醫生摸摸潔的頭，笑笑。

「過渡時期……那實在是太好了。」爸鬆了口氣。
醫生開出一紙處方，又開始咳嗽起來。
「咳！咳！除了定時吃藥，最好的良方莫過於時間。時間沖淡一切總該聽過吧？」
爸嘆氣，牽著潔走出門診。
「爸，剛剛那女人好可怕喔。」潔天真。
爸愣住，什麼女人？
「就是一直掐著醫生脖子那個女人啊。」
潔笑笑：「頭髮長長的，眼睛都是紅色的那個阿姨啊。」
「掐……脖子……？」爸想起，剛剛醫生不斷咳嗽的樣子。
眼睛全是紅色的？
爸倒抽一口涼氣，女兒真的……
潔發現爸的手心，一直滲出冷汗。

「不折不扣，陰陽眼。」
地下道，獨眼的算命老人鐵口直斷。
「那怎辦？」媽緊張問，抱著潔。
「天生帶著陰陽眼，多半是宿命，習慣就好。」獨眼老人露出一口黃牙。

「這種東西怎麼可以說習慣就好，小孩子整天都在害怕啊！」

媽又開始哭：「無論如何都請你幫幫忙，看要怎麼解……」

「解？那倒也不必。」

「不必？」

獨眼老人補充：「如果是宿命嘛，就要等陰陽眼的因緣結束，到時候自然就看不見了，強求把陰陽眼關掉那是萬萬辦不到，時機未到嘛。如果不是宿命，只是莫名其妙有了陰陽眼，那也別擔心，長大就慢慢看不見了。」

「長大就看不見了？」媽彷彿看見一線曙光。

「很多人小時候都會看到那些髒東西，只是長大以後忘記了。十個人裡面少說也有兩、三個是這樣的，沒事沒事。」獨眼老人安慰著媽。

坐在媽身旁的潔突然瞇起眼睛，開始咯咯笑，身子扭動。

「還有沒有辦法？」媽嘆氣。

「要不就是去大廟，請神明作主把陰陽眼給收了，這是沒辦法中的辦法。」獨眼老人建議，又說：「不然，先在身上放符保平安就好囉，就算不小心看到了，也不會給厲鬼纏上。」

媽點頭稱謝。

獨眼老人開始畫平安符，一張一千元。

潔好奇歪著頭，伸手撥弄獨眼老人臉旁的空氣，還發出輕聲的責備。

「潔，別玩了。」媽皺眉，拉住潔不斷揮動的手。

「我沒在玩啊，是這個綠色的小孩好頑皮，一直遮著老先生的眼睛。」潔解釋。

獨眼老人身體僵住。

「什麼綠……」獨眼老人呆晌，瞳仁混濁的瞎眼格外怕人。

「就頭上長角，還搖著尾巴啊？」

潔大感奇怪：「他一直遮著你的眼睛，不讓你看見東西……你怎麼都不趕他走？」

獨眼老人劇震，喉頭發出「喔嗚」一聲。

不說話了。

不再說話了。

獨眼老人心臟痲痹猝死的時候，潔在一旁說了句……

「那綠色小孩突然摀住他的鼻子、用腳一直踢他的胸口。」

媽突然覺得，自己的女兒很恐怖，很恐怖，很恐怖。

也很可憐。

但更需要愛。

傷心又焦急的媽跑遍了各大廟，求了更多符。

潔的手上多了一串昂貴的佛珠，頸上掛著菩薩式樣的項鍊。

衣服口袋裡，都是行天宮、龍山寺、地藏王廟、天后宮、觀音亭求來的平安符。

但潔的陰陽眼始終沒有闔上的跡象。

潔越來越常看見過世的老奶奶。

她說，臉泛黑氣的奶奶常瞪著她睡覺、上廁所、洗澡，臉色不善。

她又說，奶奶常作勢要推倒她，害她跌倒，膝蓋上都是瘀青。

「媽，妳帶走振德還不夠嗎？我們就剩下這個小女兒了……妳就饒了潔吧。」

爸在奶奶的照片前痛哭，無法理解自己的母親為什麼這麼狠心。

爸媽除了燒很多紙錢，也如影隨形看顧著潔，生怕再有閃失。

潔也成了小學裡知名的靈異神童。

她說一年級教室前無故擺動的鞦韆上，總是坐了一個長髮女人。

遮蓋住女人臉龐的長髮下，是一雙怨毒的眼睛，小朋友在鞦韆上突然翻倒不是沒有原因。

六年級的女生廁所倒數第二間，曾吊死過一條黑狗。

那隻黑狗到現在都還翻著舌頭，尋找當初吊死牠的壞小朋友。

黃昏的低年級音樂教室，有張烤焦的臉會唱歌。

那張烤焦的臉有個日本名字，從日據時代就開始在老舊的教室裡彈琴。

每次潔的陰陽眼啟動，校園恐怖傳說就又多一樁。
下課時，同學喜歡圍在潔旁邊問東問西。
老師也常找潔，問問自己有無被鬼纏身。
同學間玩筆仙錢仙碟仙，潔更是最佳的技術指導。

這天班上來了個轉學生，是個乾乾淨淨的男孩。
是潔喜歡的那型，潔第一眼就知道了。
老師也注意到潔發亮的眼睛。
「新同學，去坐潔的旁邊。」老師微笑。
男孩扭捏坐下，舉止有些畏縮。
潔大方傳過紙條。
「你叫什麼名字？」潔娟秀的字跡。
「張勝凱。」男孩傳回紙條時居然在顫抖，字跡更是歪七扭八。
「我叫林佳潔。」潔報以甜甜的微笑。
凱勉強點點頭，不再回傳，卻掩飾不了他的坐立難安。
「你很害羞吶？」潔笑，一手半遮著嘴。
「沒啊。」凱斷然否認，卻將椅子又拉遠了些。

潔回寫紙條時，卻聞到一股尿臊味。

凱臉色鐵青，褲子竟濕了一片。

「你……千萬不要回頭！」潔突然臉色蒼白。

全班安靜，都注意到凱的怪狀，更留心潔戰慄的警告。

連老師的粉筆都停在黑板中央，深呼吸，看著潔。

「妳……妳才不要回頭。」凱畏縮，牙齒打顫。

「為什麼？」潔愕然。

「妳背上七孔流血的小男生……是怎麼回事？」

凱幾乎要哭了出來。

潔呆掉。

凱終於大叫。

「他一直哭說……姊姊，妳幹嘛推我下去？」

嘴巴裡的
世界末日

插圖◎蔡美保

1

我有一個秘密。

一開始我只是想隨便應付一下我的男人而已，沒想到事件莫名其妙就這麼開始。

我的男人，阿賢。

周宜賢。

「阿珠，幫我嘛！」阿賢總是這麼無賴地撒嬌。

「為什麼。」我按著電視遙控器，真的很不想理他。

「因為人家很想妳嘛！」阿賢的手開始不安分。

「那就抱抱就好了啊。」我看都不看他一眼。

「抱抱不夠嘛，真的，我答應妳我絕對不會那個那個！」他真的很無賴。

「哪個？」我真的好厭煩。

「我答應妳我絕對不會射在妳的嘴裡，我只會忍住！」他竟然把拉鍊拉下。

「你還敢說！」我真的好生氣好生氣好生氣。

「我發誓！」阿賢把褲子褪下，整個老二就這麼彈出來。

發誓個大頭鬼啦！

有時候我真的覺得阿賢不夠喜歡我，要不然怎麼明明知道一天工作下來我很累了，卻還是想折騰我。

還有，就算想跟我親熱，為什麼不跟我做愛，老是要我幫他口交呢？

當我這麼想的時候，阿賢已經將我的頭按下，令我一陣呼吸困難。

不知道從交往多久以後開始，每次我被迫幫阿賢口交，我都在胡思亂想。

有時候我會幻想大後天的業績考核會議要不要假裝肚子痛請假，有時候我會想要不要養一隻瑪爾濟斯還是柯基犬之類的小狗，有時候我會想等一下要不要泡澡，更多時候我都在放空，腦子一片空白，只是規律地重複一樣的動作，免得我意識到自己的處境時會感到更生氣。

阿賢的呼吸聲變得很粗重，他的陰莖也隱約在我的嘴裡擺動起來。

真是沒禮貌。我想到今天下午那個母夜叉客人，她恐怕比阿賢的陰莖還要沒禮貌。那個臭三八大嬸真的是把我們整櫃的人全惹火了，什麼態度啊，我們也是好人家的女兒好嗎，不買東西就算了，還一直數落我們就是不好好念書畢業後才會跑來百貨公司當櫃姐，我們還得陪笑臉免得被客訴，想到就想哭。最過分的是，她一邊對我們指指點點、手裡一邊拿著我看了很久的磚紅色 PRADA 鎖頭手提肩揹兩用包，一個要八萬多塊錢，天啊我的寶貝被那個母夜叉拿著真浪費，那可是少見青春洋溢的年輕款式耶！以為有錢就可以裝年輕嗎？真是噁心……噁心噁心噁心噁心！這個社會都被沒有品味的有錢人給控制了！唉呦，那款包包我真的研究好久了，但都只是在型錄上摸來摸去而已，圖片都被我的指甲刮花了，儘管如此我根本不敢進去 PRADA 的專門店去看實品，唉唉唉，不加業績獎金的話我的月薪只有一萬九，根本不到傳說中的22K，我哪裡敢進去看包包？大家都是當櫃姐，我才不怕PRADA的櫃姐看不起我，我怕的是一時衝動就刷卡下去，到時候我四個月半的薪水就這麼灰飛煙滅。這可不是開玩笑的，看到實品出現在我眼前我恐怕真的會這麼做……但為什麼偏偏是那個母夜叉擁有它呢！又為什麼那個母夜叉會拿著我的寶貝在我面前走過來又走過去呢……我真的好想好想好想好想好想好想……

不曉得過了多久，漸漸我的臉都麻了，嘴巴真的好痠，下顎幾乎要脫臼，阿賢壓著我頭的雙手忽然變得很用力——這是我最討厭、卻也是我最高興的時候！

討厭的，是被阿賢又說話不算話把我當作精液噴射的容器。

唯一高興的，當然是這個討厭的差事終於要結束了。

「阿珠！」阿賢的手真的快把我的頭壓爆了：「對不起！對不起！我真的……」

每次都跟我說對不起？

都是假的！假的！

從一開始就完全無從逃開，阿賢的手勁很大，平常可是拿來扛攝影機的，這雙手要用來牢牢抓緊我的頭根本就是小兒科。

忽然阿賢大叫一聲，我的舌間一陣哆嗦，一股濃稠的溫熱感就這麼噴進我的嘴裡，我緊閉雙眼忍耐……又是這樣！每次都是這樣！

明明就知道射在我的嘴裡會讓我大發雷霆，現在又明！知！故！犯！

正當阿賢壓制住我的頭的雙手漸漸鬆開之際，我忽然因為呼吸困難，喉嚨竟反射性地鼓動一下。

這一鼓動，竟然就將阿賢的精液給吞了進去。

「……」我呆住了。

「……」阿賢也傻眼了。

就在一陣噁心感從我的胃裡逆襲上湧，我快吐出來的那瞬間，阿賢忽然用力抱著我，溫柔地在我耳邊說：「妳真的好愛我喔，寶貝……妳真的好疼我喔。」

這一抱，害我原本要順勢吐出來的精液跟胃液又給壓了回去，那蛋白質的腥味直衝大腦，我一陣暈眩。

下半身赤裸的阿賢起身往廁所，任憑我狼狽地倒在沙發上。

廁所裡傳來衛生紙唰唰被抽取出來的聲音。

我的手裡捏著拳頭，感覺自己在發抖。

我這一重重呼吸，靠近鼻孔的上嘴唇有種微妙的震動感……原來是黏在上面的一根陰毛被我的呼氣給吹動。

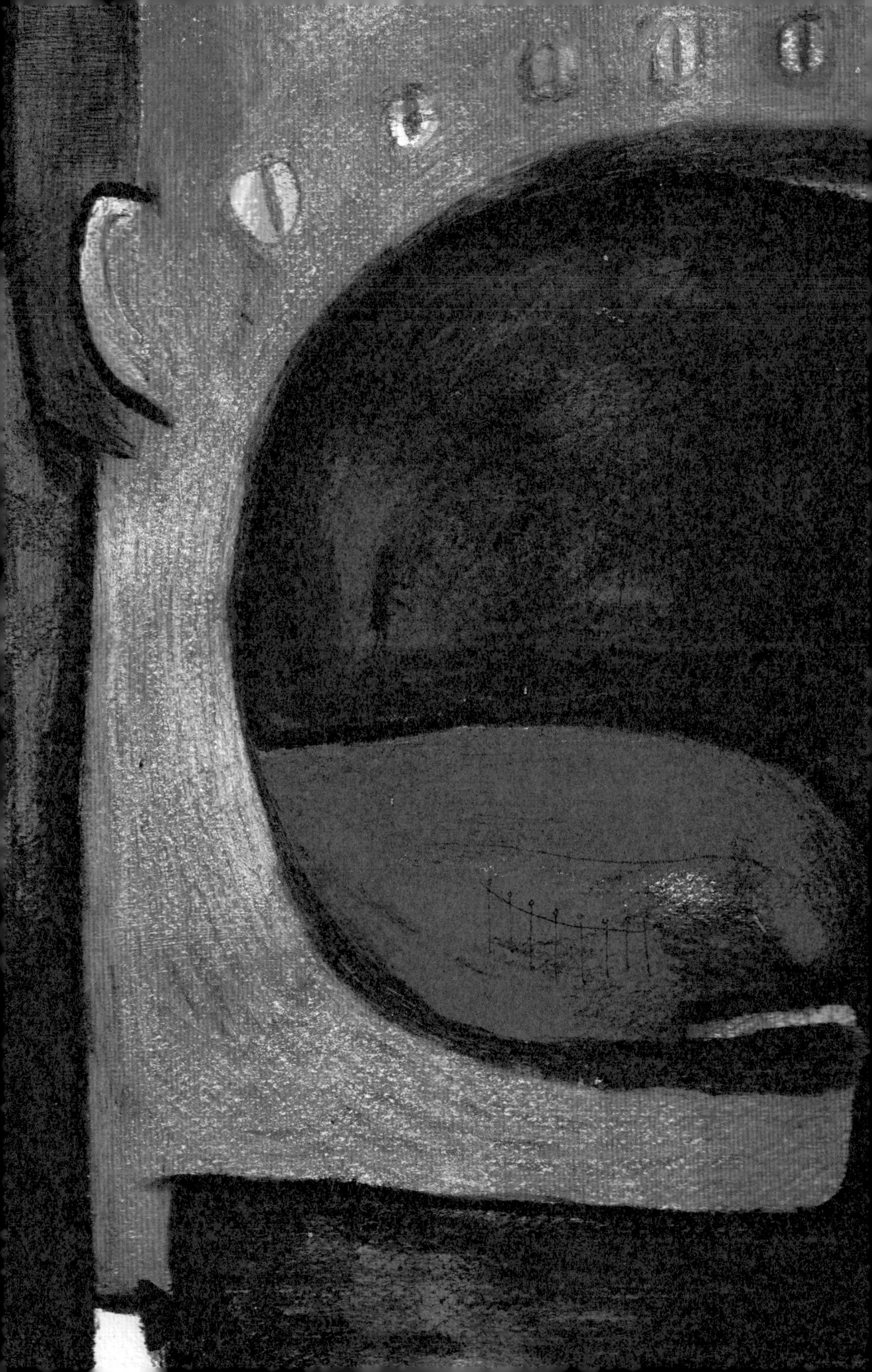

WHAT THE FUCK！

我真的好生氣好生氣，為什麼我的男友變得那麼不貼心？

兩年前我們剛剛開始交往的時候，阿賢每次都會在做愛完……或者，使用我的嘴巴完畢後，抱著我跟我聊天好久才去廁所清理，甚至他還會跟我接吻，表示不嫌棄我的嘴巴裡都是他噁爛的老二腥味。

現在呢？

把我用完後，就把我扔在沙發上？

我想分手。

如果阿賢從廁所走出來沒有順便抽幾張衛生紙給我擦嘴的話，我一定馬上甩他一個巴掌，回房間收東西！這次我一定要分手！

廁所裡傳來馬桶沖水的聲音。

然後阿賢出來了。

趴在沙發上的我瞪著他，阿賢一臉的假靦腆，一絲不掛的下半身搖著軟趴趴的老二，龜頭上還黏著衛生紙碎片，他笑笑跟我比了一個自以為幽默的勝利手勢。

然後呢？

然後沒有了。

他果然沒有從裡面拿衛生紙給我，頭也不回地走到從今以後只屬於他一個人的房間裡。
我全身感到躁熱，一股無比巨大的屈辱感從我臭死了的嘴巴裡蔓延開來。
原來這兩年的交往，我只是一個廉價的妓女是吧？
我怎麼會那麼犯賤，會跟這種把女人當妓女的男人交往！兩年！
一頭亂七八糟頭髮的我坐了起來，阿賢也走出房間了。
這個該死的前男友手裡依舊沒有拿著衛生紙，還嘻皮笑臉。
不過，等等……等等……那？
那是？
「送給妳的。」阿賢笑嘻嘻地說。
交在我手上的，正是我夢寐以求的磚紅色 PRADA 鎖頭手提肩揹兩用包。
一模一樣，那皮革，那縫線，那色澤，那閃閃發亮的 PRADA 字樣銘板，還多了我那想像中的……觸感，我真的擁有它了嗎？
我真的能夠擁有它了嗎？
「你怎麼會知道！」我激動尖叫：「你怎麼會知道我喜歡它！」
「那本型錄都快被妳翻爛了，我很難不知道妳喜歡它啊。」
我用力撲向阿賢，緊緊抱住這一個可愛又可靠的攝影師男友，瘋狂地親吻他。
阿賢慌亂地將頭撇開，又笑又叫。

「妳先去刷牙啦！刷牙啦寶貝！哈哈哈哈哈……去！刷！牙！」

大概就是這樣開始的。

我想，我真的很喜歡阿賢。

還有阿賢送我的包包。

2

那一陣子阿賢都拍到大半夜才回家，有時還是天快亮了才回來。

我要他別那麼累，阿賢總是說，這是他第一次拍到預算超過兩千萬的片，機會來了要好好把握住，而且這部電影的導演很混，明明是第一次拍電影長片的作家，在拍片現場卻非常不專心，整天只想跟女主角聊天打屁，完全都要靠他用攝影機運籌帷幄電影才勉強有個樣子，雖然累，但累得很有成就感，很有可能會拍出他的風格代表作。

「所以體諒我一下囉，寶貝。」阿賢懶洋洋躺在我放好的熱水裡。

「人家只是擔心你的身體啦。」我小心翼翼踏進浴缸。

阿賢跟我面對面泡澡，才泡到一半，阿賢就睡著了。

我覺得他真的好辛苦喔，忽然就想要給他惡作劇一下。

於是我閉氣，潛入水中，瞄準他漂在水裡的陰莖用力吸了一大口。

忽然我感覺到阿賢的身體劇烈震動了一下，我得意地冒出水面。

「怎麼樣，人家很疼你吧？」我笑嘻嘻地說。

「……」才被吸了一下，阿賢看起來整個人都醒了。

「嗯？」我看著彷彿被雷劈到的阿賢，有些不懂他的表情。

「已經做對的事，何必再改變？」阿賢笑嘻嘻從浴缸裡站了起來。

這下換我暈了。

我暗暗生氣自己剛剛的多此一舉，但還是得讓阿賢得逞，他就是這樣，別的事都很容易放棄，放棄帶我去看電影，放棄帶我去看五月天演唱會，放棄帶我去泡溫泉，放棄帶我去他的朋友生日派對唱 KTV……唯獨哀求幫他吹喇叭，這件事他從來沒有放棄，不管是低聲下氣到什麼程度甚至跪在地上磕頭阿賢都做得出來。

我早就看穿他了……我想阿賢也早就看穿我了，他就是吃定了我喜歡他。哼。

吹著吹著，阿賢一直沒射，我抬頭偷偷看他，他一副努力忍耐的表情真的很討厭。面對一場不曉得什麼時候才能抵達終點的旅行，我只好又開始放空。

如果明天阿賢不用去上班就好了，因為上次小芳跟我換班的關係，我明天不用去站櫃。一整天都沒事耶，但一個人在家裡好無聊，出門不管做什麼事卻又要花錢，我都已經那麼窮了，要出門花錢的話當然想跟阿賢約會啊。

其實呢，就算只是跟阿賢兩個人窩在家裡，什麼事都不做，煮個小火鍋，聽他講拍片的事，聽他口沫橫飛講導演壞話，聽他講劇組裡的人都好崇拜他，聽他說片場的靈異事件，嗯嗯這樣也很浪漫啊……應該說，除了上次送我那個包包之外，阿賢什麼浪漫的事也沒有做，害我對他的標準降得好低，哼！

忽然之間，我感覺到阿賢的腹部在用力。

正當我想拔出我的頭，阿賢卻搶先抓住了它，我聽見他低聲哀號：「拜託！不要離開我！」雙手用力，我的頭完全無法動彈。

然後？還有什麼然後？然後阿賢就唏哩呼嚕地射在我的嘴巴裡。

我翻白眼瞪他，阿賢卻閉著眼睛享受，好像根本跟我處在不同的次元，我的不爽根本傳送不到他的世界。

當他慢慢鬆開我的頭，將老二拔出來的那一瞬間，終於獲得解脫的我忍不住罵他：

「喂！周宜賢！你真的很不尊重我耶！」

這時我感覺到喉嚨裡面一陣濃厚的腥澀味爆炸開來，我才意識到，我剛剛太急著罵阿賢，竟隨口將精液給嚥了進去。

我傻眼，阿賢則笑咪咪地看著我：「寶貝，妳最近好像很喜歡冬令進補喔？」
我氣到完全不想跟他說話，直接從浴缸走出來回房間睡覺。

3

隔天早上，阿賢將我搖醒。
「我今天休假，我要睡到自然醒啦。」我沒好氣地說。
「……寶貝，我今天也不用去拍片了。」阿賢無奈地掀開被子。
我不懂，但外面的滂沱大雨聲立刻就教我懂了。
阿賢一邊脫下本已穿好的襪子，一邊繼續解釋。劇組剛剛打電話過來，說因為下大雨，所以今天預計要拍的外景戲只好延期再拍，所有人放假直到新的班表出來。他說無奈啊無奈，不過正好補眠也不壞。
阿賢說完就鑽回被窩裡呼呼大睡，我則是睡意全消，眼睛瞪著天花板。
有一種感覺……有一種奇怪的因果關係……
上次我幫阿賢吹喇叭的時候，不小心將精液給吞進去，結果我得到了一個包包。

昨天我又糊裡糊塗將精液吃進去，然後今天下大雨阿賢不必去拍片。

也就是說？

也就是說，每次我幫阿賢口交，然後將他的精液吞進去的話，我的願望就會實現？

……會有那麼白痴的巧合嗎？

我的身體比我的思考還要有效率地動起來。

我鑽進棉被裡，在黑暗中脫掉阿賢的褲子，張口就吃。

阿賢胡亂掙扎了一下，馬上就範。

在又黑又熱的惡劣環境中，我憋氣將那堆腥死人的蛋白質給吞進去，阿賢哀號了幾聲後，連內褲都懶得拉上去就直接睡死了。

我則默默地爬出被窩，走到浴室刷牙。

等到阿賢醒來已是中午，我已經煮好了火鍋，擺好碗筷，準備開始一天的居家小約會。

一屁股坐下，阿賢似笑非笑地看著我：「怎麼突然變得那麼溫柔啊妳？」

我鄭重宣布：「等一下，我們一起去領養一隻瑪爾濟斯，或博美，或柯基。」

阿賢拿起筷子就插進火鍋裡夾肉：「這件事我們不是討論過很多次了嗎？我們兩個都這麼忙，不可能照顧好一隻小狗還是小貓的啦，我看連烏龜都沒辦法養，妳不要發神經了好不好？乖。」

我霍然站起：「周宜賢！吃完飯我們就去領養！」

阿賢笑呵呵地說：「不要傻了啦寶貝，真的要養的話，我們可以從蟑螂開始養起啊？要不然壁虎也是很好的選擇啊，呵呵呵呵呵……不要鬧了啦呵呵呵呵呵……」

我不知道阿賢在笑什麼，因為我知道他很快就笑不出來了。

當我們晚上出門要去巷口的漫畫店租 DVD 的時候，一開門，就看見一隻渾身濕透的柯基犬趴在門口，楚楚可憐地看著我們。

那隻柯基犬一雙無辜的眼神，毫無疑問地傳達出：「都又濕又冷地流浪到你家門口了，不養我，你還算是人嗎？」

阿賢嘆氣，蹲下來將那隻不斷發抖的柯基犬抱了進來。

我則感動地流下了眼淚。

感謝天。

感謝神。

我的男友的陰莖，就是傳說中的神燈啊！

4

沒有意外，我展開了不斷幫阿賢口交跟吃精液的日子。

我拿到了阿賢送我的五個包包，另外抽獎抽中了十一個。

上次阿賢沒有拍片的時候，帶我去曼谷玩了一個禮拜。

除了那隻柯基犬，我也順利領養到了一隻走到我家門口的流浪博美狗，跟兩隻結伴流浪到我家門口的瑪爾濟斯。

我在一間即將歇業的租書店裡買到了絕版的《寄生獸》全套。

我的業績蒸蒸日上，連續當選了十月跟十一月的銷售之星，獎勵是年終獎金加半個月耶！

我知道我的願望看起來很笨。

正常人擁有了神燈之後的第一個願望，可能都是中大樂透頭獎之類的，我也想過，但你聽過「等價交換」這句話吧？我很害怕如果許的願望太大，阿賢就會折壽或死掉或陰莖忽然爆炸，那可不是我想要的條件交換。

我不貪心，我只許一些能讓我開心的小願望就可以了……嗯，暫時這樣就可以了。

那陣子我開始逼阿賢吃素，因為他大魚大肉的飲食習慣，讓他的精液總是腥得好噁心，每次要把那種東西吞進去，我真的都快吐了……不，我是確確實實地上吐下瀉了兩個禮拜，都怪我許了一個快速瘦身五公斤的白痴願望，唉。

自從阿賢開始吃素後，他的精液就變得比較沒有味道，有時還有點甜甜的，讓我對吃素這件事開始肅然起敬起來。

精液的味道變好，我的心情也變得很飛揚，我開始覺得人不能太自私，應該許一些對這個社會有幫助的願望。

有一天下午我在看電視，正好看到一個盲人跟蕭敬騰合拍的公益廣告，廣告很簡單，就是那位盲人將一杯煮好的熱咖啡小心翼翼地端給蕭敬騰，說：「這杯咖啡給你喝。」然後蕭敬騰客氣地說：「謝謝。」

廣告很簡單，但我看得好感傷，因為那個盲人底下的字幕介紹寫著：「敬鎧，二十三歲，手球國手，因車禍導致雙眼全盲」，我就很想哭很想哭真的很想哭。那個叫敬鎧的男生那麼年輕，沒有瞎掉之前還是一個很有前途的手球國手，突然車禍瞎掉，他最喜歡的手球再也不能打了，他一定很難過。

「阿賢！」我大叫，踢開腳邊正在睡覺的瑪爾濟斯。

「……幹嘛！」阿賢在廁所裡大聲回應。

我一個箭步打開廁所的門，雙膝跪下，張大嘴巴就朝阿賢攻擊。

「妳可以稍微節制一點嗎？我在大便耶！」阿賢大吃一驚，在馬桶上左躲又閃。

「做公益不能等！」我狼吞虎嚥，硬是不讓阿賢逃走。

這是我最賣力吞吐的一次，我可是為了讓一個年輕人重見光明而努力！

兩個禮拜後，我在ETtoday的網路新聞上看見這則新聞……

和知名歌手蕭敬騰合拍盲人公益廣告的陳敬鎧竟然是「裝瞎」？陳三年前車禍，他假裝全盲，騙過眼科名醫取得視障手冊，詐領四百多萬保險理賠，還向肇事的施姓男子索賠一千多萬，對方暗中蒐證揭穿騙局，高雄檢方七日依詐欺罪將陳起訴。

電腦前的我嚇了一大跳。

雖然這跟我做公益的心態有很大的差別，不過既然那位陳敬鎧的眼睛是正常的，也勉強符合了我的願望。縱使心裡有點怪怪的，但……反正他沒事就好了？

不，我越想越不對啊！

「害老娘亂吞了一次精液，王八蛋！」我太生氣了，大叫：「周宜賢！」

「又要幹嘛啦？」阿賢怒氣騰騰地在客廳大吼。

要幹嘛？我要包包！我要包包！我要包包！我要包包！

我氣呼呼地走過去，瞬間跪下：「褲子脫下來，我要幫你吹啦！」

阿賢馬上正色說：「阿珠，我想我們應該要好好談談。」

我用力扯著阿賢的褲子拉鍊，皺眉說：「有什麼事，先吹再說。」

然後我就開始一陣狂吹，滿腦子都是我最近在型錄上相中的那個GUCCI卡其色緹花布愛心吊飾肩背包，我專注想像著它的樣式與顏色，絕對不讓腦中的畫面跑掉。有一次我在吹阿賢的時候，覺得脖子很癢，原來是蚊子在咬我，我想打牠牠卻飛走了，當時我很衝動地詛咒牠去死，沒想到剛剛射出來的阿賢忽然睜開眼，一巴掌打死了那隻蚊子，害我最後沒有買到五月天末日演唱會的票。我可不能重蹈覆轍啊！

GUCCI 卡其色緹花布愛心吊飾肩背包 GUCCI 卡其色緹花布愛心吊飾肩背包 GUCCI 卡其色緹花布愛心吊飾肩背包 GUCCI 卡其色緹花布愛心吊飾肩背包 GUCCI 卡其色緹花布愛心吊飾肩背包 GUCCI 卡其色緹花布愛心吊飾肩背包 GUCCI 卡其色緹花布愛心吊飾肩背包 GUCCI 卡其色緹花布愛心吊飾肩背包 GUCCI 卡其色緹花布愛心吊飾肩背包 GUCCI 卡其色緹花布愛心吊飾肩背包 GUCCI 卡其色緹花布愛心吊飾肩背包 GUCCI 卡其色緹花布愛心吊飾肩背包 GUCCI 卡其色緹花布愛心吊飾肩背包 GUCCI 卡其色緹花布愛心吊飾肩背包

「夠了吧妳？」

我想也沒想過，阿賢竟然用力將我的頭推開，厭煩地看著下顎快脫臼的我大叫：「這幾個月妳沒事就是吹吹吹，到底想不想做愛啊？吹到我硬，吹到讓我上妳就可以了，一定要吹到射是怎樣？一定要吞是怎樣？妳要不要去看精神科啊?!」

我呆住了。

「我看，我們還是分手好了。」阿賢嘆氣，眼角泛淚。

「你說……什麼？」我有點暈眩。

「我們之間什麼都沒有了。」阿賢還是流下了眼淚：「只剩下口交。」

「我不要！」

我突然看見這個世界陷入了永恆的黑暗：「我不要分手！」從來我都沒有許中大樂透這麼恐怖的超級願望，也沒有許愛馬仕柏金包，也沒有許我要變成林志玲，還不就是因為我愛你！萬一我中了大樂透然後你死掉了我怎麼辦！阿賢！我愛你啊阿賢！你比中大樂透還重要啊阿賢！

為此我失控地大哭起來：「對不起，我不應該常常幫你吹！對不起對不起！我以後會……盡量不要那麼常幫你吹！阿賢！我們不要分手好不好！我答應你我每三天只吹你一次就好了！」

阿賢抱著昏睡中的柯基犬，沉痛地閉上眼睛。

「一個禮拜！一個禮拜吹一次就好了！阿賢我不要分手！」我嚎啕大哭。

阿賢放下柯基犬，緊緊擁抱住我。

那個充滿了愛與寬恕的擁抱，讓我又更愛阿賢了。

因為在那一瞬間，阿賢終於學會了做愛比口交還要幸福、兩個人一起快樂比一個人快樂還要重要的道理，這樣的好男人，我怎麼能夠不更愛他呢。

我忍住想要幫阿賢口交的衝動，重新拾回了愛。

只有在阿賢誇我最近很乖的時候，我才會鼓起勇氣，試探性地看著他的陰莖吞口水，等待阿賢進一步的命令。

有時候阿賢還是會讓我得逞到最後階段，畢竟他很愛我，嘻嘻。

5

大家都說二〇一二年十二月二十一日，是世界末日，因為馬雅古曆法的週期結束之日就是這一天，可是大家都只是嘴砲講講，沒有人真的當真，免得自己智商低被大家知道。

我也是，阿賢也是，我們周圍的所有人都沒有把世界末日當一回事。

十二月二十一日那天，我照常去上班，阿賢也得照班表去拍電影。

說穿了，世界末日只是一個被炒作出來的古怪節日，除了電視新聞台每隔十分鐘，就會報導一下世界各地面對末日所做的各式各樣的活動外，都沒什麼異狀——直到那一顆連肉眼都看得見的黑色物體，在天空中越來越明顯的時候，大家才全部傻眼。

我們一群櫃姐跟一大堆婆婆媽媽，全擠在四樓賣大型電視機的家電門市，看著即時新聞報導。

新聞台的主播愉快地宣布：「相信大家都已經注意到了天空中越來越大的黑色物體，許多民眾也站在街道旁邊不停地往天空觀看，很多人說是隕石，也有人說是飛彈，更多人說是反政府組織的陰謀文宣氣球，不過專家剛剛明確指出，現在出現在天空中的不明黑色物體，已經證實是大家的幻覺，這種集體幻覺的起因，也是末日恐慌現象的其中之一，民眾無須過度擔心，只要多喝水，睡眠充足，加上適量的運動，這種幻覺馬上就會消失喔！」

那些婆婆媽媽跟我們這些櫃姐馬上放下心來，一起說：「原來是幻覺啊！」

我也大大鬆了一口氣。

「不對耶！」一個櫃姐指著畫面的右上角標誌。

「天啊！是中大新聞！」我慘叫。

我們果斷轉台去看看別台的說法是怎樣。

只見壹電視的主播臉色鐵青地宣布：「剛剛我們接到美國 NASA 的最新新聞稿，NASA 已經確認，目前天空中所出現的不明黑色物體，是一顆直徑約一百個足球場大小的超級大隕石，NASA 強調，之前沒有任何關於此超級大隕石的報導並非官方蓄意隱瞞，是因為全世界各國的天文望遠鏡都沒有觀察到如此巨大隕石的動向。專家研判，這古怪的現象乃因隕石的行經路線並非一般星體運動，而是隕石在宇宙蟲洞中進行不正常的穿越，才會在今天突然衝出蟲洞破口，出現在地球附近！」

「天啊！」大家一陣尖叫，還有人昏倒了。

壹電視新聞主播的聲音跟他的情緒一樣，非常不穩定：「但是請各位民眾不必驚慌，根據 NASA 及各國天文學家的分析，依照超級隕石目前的飛行路線來看，不需要計算也知道隕石撞擊地球的機率是百分之百，人類滅絕的機率也是百分之百，所以任何掙扎都是徒勞無功的，請民眾不必擔心應該如何防災與緊急避難的問題，在兩個小時又十五分鐘之後，也就是台灣時間傍晚六點三十三分的時候，人類跟地球都將變成宇宙塵埃，估計痛苦只有一瞬間。是的，針對隕石即將毀滅地球，總統與副總統也在稍早發表了看法。」

「謝謝指教，一切依法行政。」總統不改謙虛的本色，的確是臨危不亂。

「總統，現在應該不是依法行政就可以解決的吧？」記者大吃一驚。

「請民眾放心，政府一定嚴格把關，充分經過評估後，我們肯定，隕石撞擊地球之後產生的效應，絕對是利大於弊！謝謝！」

「總統！隕石要來了政府都無因應措施，如果隕石撞擊地球之後發生了難以彌補的傷害，你願意捐一半的薪水以示負責嗎！」記者頻頻追問。

「捐薪水沒問題啊！」總統微笑揮手，飛速上車衝往地下碉堡的方向。

鏡頭一轉。

「我想，隕石將在六點三十三分降臨到地球上，足以證明總統的 633 政策，已經全部實現，這次民眾一定十分有感。」副總統笑咪咪地說，還不忘雙手合十向媒體致意。

「這跟 633 政策應該沒有關係吧！隕石馬上就要撞過來了啊！」記者崩潰。

「你不要這麼專業好不好？」副總統有點抱怨地對著鏡頭撒嬌：「更何況隕石也不一定會真的撞上地球啊，隕石會自己轉彎啊！發明隕石的人，實在應該得諾貝爾獎啊！」

答題之離譜，令記者完全不知道該怎麼追問起。

新聞主播一轉頭，畫面跳接到一個正在牛排館鋪張宴客的大胖子身上：「現在我們在現場請到了專家朱學恆。宅神……不，成衣業者朱學恆，請問你對世界末日有什麼看法？」

「沒在關切！」朱學恆義正辭嚴，果然是完全沒關切。

新聞主播突然擠出一個很勉強的笑容：「總算有了好消息，我們剛剛得知，就在一分鐘前，中王時報緊急發布了集團老闆蔡主席的聲明，台灣首富蔡主席請民眾不要驚慌，他說不管多少錢，他都會把隕石買下來，強制命令隕石改道！」

WHAT THE FUCK！

什麼爛新聞啊，我真的是聽不下去了！

到了這個地步，只剩下一個方法了……

我脫下高跟鞋，衝出在電視機前擁擠的驚慌人潮。

「阿賢！」

6

真不愧是世界末日，手機當然擠爆打不通，後來連訊號都沒有了。

幸好早上阿賢在出門前跟我說，今天他們會在 101 大樓的頂樓拍電影。

當我好不容易赤著腳衝到 101 大樓，電梯已經停止使用，既不能上去也無法下來。這實在是太好了，雖然我得跑上去，但這代表劇組也不能搭電梯下來。

阿賢那麼懶惰，他一定沒有勤勞到用跑的下樓，加上阿賢個性浪漫，他一定會在台北最高的大樓頂端扛著攝影機，拍下隕石摧毀地球的那一瞬間，就算是死，也要以一個專業攝影師的身分化為宇宙塵埃。

是的，這就是我認識的阿賢。

我愛的，阿賢。周宜賢。

我深呼吸，拔腿狂奔上樓，一路上都在幻想阿賢帥氣地扛著攝影機，與隕石墜落的瞬間正面對決的那畫面，天啊！天啊天啊天啊！那樣子的阿賢真的好帥喔，連隕石都不怕呢我的男人！

嘻嘻，如果帥氣的阿賢看到我突然出現，二話不說，就在世界末日的最後時刻，當著全劇組的面幫他口交的話，不知道會不會覺得我很乖很棒呢？嘻嘻嘻嘻……

等到我順利阻止了隕石摧毀地球，事後一定要告訴阿賢我的小秘密，如此一來，萬一他覺得我當眾幫他口交讓他很丟臉的話，阿賢也一定會原諒我的。

我真的好期待喔！

不曉得過了多久，當我終於爬完那該死的樓梯時，我已累到連站都站不好。

天空一片片血紅雲朵，雷電交加。

我奮力抬起顫抖不已的左手，看了一下手錶。

六點三十分，只剩下三分鐘了。

在這世界末日的最後三分鐘，我的阿賢果然如我想像，在101頂樓赤裸著上身扛著頂級的愛麗莎攝影機，正對著天空中那越來越大的黑色隕石調焦距，他甚至還指揮起燈光組的師傅們打開所有的燈具對著隕石狂打光，那份要死也要死得專業的帥氣，帥到讓我無法逼視。

隕石已經接近到，連上面的坑坑疤疤都一清二楚的程度。

看著阿賢既帥氣又專業的背影，我正想張嘴大叫的時候——

「阿賢！」

不是我喊的。

我愣愣回頭，只見一個渾身被汗濕透的女孩哭著大喊：「阿賢！我幫你吹！」

忽然，那個連路都走不好的女孩後面，又踉踉蹌蹌跑出了十幾個滿身大汗的女人。這些女人有的年輕，有的不年輕，有的清秀可愛，有的姿色平庸，有的貴氣逼人。搖搖晃晃的大家都有些不一樣，卻都有一句共同的、震天價響的台詞。

「阿賢！我幫你吹！」

阿賢慢慢回頭。

我沒有看著他。

我沒有與阿賢四目相接。

我的世界末日，已提早一步墜落的隕石，無情地撞擊在我身上了。

誠實麥克風

插圖◎九把刀

1

「麥克風測試，麥克風測試。」

迪諾按下了訊號開關，將麥克風交給才六歲大的小女兒。

小女兒看起來有點害怕。

「寶貝，爸爸再問妳一次。」

「嗯。」

「妳愛爹地嗎？」

「愛。」

「妳愛媽咪嗎？」

「愛。」

「妳比較愛爹地還是媽咪？」

「……爹地。」

迪諾笑了，女兒的表情則略顯彆扭。

「最後一個問題喔，準備好了嗎寶貝？」

「準備好了。」

「隔壁的瑪麗阿姨跟我告狀，說妳昨天偷偷跑進去她的廚房，吃了她剛剛烤好的檸檬蛋糕，寶貝，到底有沒有這件事啊？」

「有，可是阿福也有吃。」

小女兒招了是招了，表情卻是超級驚嚇。

小小年紀的她，根本不知道自己為什麼要把這個可怕的秘密說給爸爸聽。

而且還是自然而然地脫口而出，一點也不遲疑。

小女兒哇哇大哭，迪諾卻手舞足蹈哈哈大笑。

在車庫裡東拼西湊了十年，他知道他終於發明了這個世界上最棒的科技產品！

這個科技產品，一定可以改變全世界啊！

「親愛的，你在做什麼啊？為什麼甄妮跑進屋子裡的時候哭得那麼慘？」

老婆艾琳拿著剛剛煮好的咖啡進來，臉上還帶著溫柔可人的笑容。

「你欺負她了嗎？」

「甄妮啊……那件事待會再說。」

迪諾一臉得意洋洋，清了清喉嚨：「先猜猜看，今年度的諾貝爾獎得主會是誰？」

「喔，是誰？」

「還有誰！當然就是妳家老公啊！」迪諾擺出一副自我陶醉的姿勢。

「哈哈哈，難不成那種東西真的被你發明出來了嗎？」艾琳嘖嘖，一臉不信。

「完全正確！」

迪諾將麥克風舉得很高很高：「從剛剛開始，人類的歷史完全被我手上的這支麥克風改寫了！老婆！以後我們的幸福……不！全人類的幸福就靠它了！」

「喔？」

這麼多年來，老公下了班就一直躲在昏暗的車庫裡搞東搞西，整天拆解一些報廢的電視機、二手電腦、行車記錄器、導航，甚至是冰箱跟老式錄影帶播放器，就連卡通電子手錶也不放過，說是要發明一支讓人不得不說實話的麥克風。

坦白說，迪諾若是一個真正的科學家，她或許還會抱著一滴滴……一滴滴的期待，但迪諾不過是一個平凡的大學畢業生而已，當年主修的還是文藝復興史！別說在期刊發表研究論文了，事實上艾琳也不曾看過迪諾翻過什麼期刊論文。

艾琳一直當迪諾只是窮極無聊打發時間，喜歡將壞掉的家電拆了又組、組了又拆，反正他除了這個怪癖之外也沒什麼不良嗜好，算是一個及格的好老公，於是艾琳不僅默默忍受，偶爾還會送熱咖啡到車庫裡幫迪諾加油打氣。

現在，艾琳看著迪諾手上那支烏漆媽黑的拼湊麥克風。

完全，沒有，一點，高科技的感覺。

迪諾興奮地將麥克風遞給艾琳。

「親愛的，我們從簡單一點的問題開始好了！」迪諾握拳，一副走著瞧的模樣。

「啊？」艾琳有點茫然，這傢伙是當真的嗎？

「妳愛我嗎？」迪諾笑問。

「當然愛啊，你這算什麼問題啊？」艾琳翻了一個溫柔的白眼。

「哈哈哈哈！就說從簡單一點的開始嘛！」

「無聊。」

迪諾哈哈大笑：「那……妳比較愛我，還是比較愛我們的女兒呢？」

這又是什麼爛問題啊，艾琳又翻了一個白眼。

「笨蛋，我們沒有女兒，甄妮是我跟彼德偷生的種。」

當艾琳隨口說出這句話的時候，迪諾整個人呆住。

「妳說什麼？」迪諾全身僵硬。

原來五雷轟頂是這種表情啊。

「我說！甄妮！是彼德跟我在我們家沙發上搞出來的種！」艾琳想辯解，卻情不自禁地說出可怕的秘密：「就在你躲在車庫裡拆電風扇還是手機什麼什麼的時候，彼德將我的兩條腿掛在他的肩膀上，在我們的客廳裡瘋狂弄了我半個晚上，等彼德回家後我還到車庫送了咖啡給你呢笨蛋！」

「彼德……彼德跟妳……」迪諾感到一陣天旋地轉。

「非常爽！」艾琳尖叫。

「妳……妳怎麼確定是彼德……」迪諾扶著牆壁，完全站不直。

「因為他每一次都頂到我的子宮！每一次都射在我裡面！而且我算過了！我受孕的那幾天你碰都不碰我！都是彼德！他搞了我一次又一次！」艾琳想丟掉這該死的麥克風，卻意外的無能為力，只能持續尖叫：「為什麼我丟不掉！」

「我加了……強制實話黏著模式。」

迪諾終於摔倒在地上，原來從天堂掉到地獄是這種滋味。

改變全世界啊……或許吧。

但這支麥克風在改變這個世界之前，已先革命了發明者的家庭。

2

在妻子失控尖叫然後不斷強調好友彼德有多麼擅長做愛的同時，氣急敗壞的迪諾，砸爛了車庫裡每一個被拆解得面目全非的家電。

唯獨沒有摔爛的，當然了，就是那支罪魁禍首，麥克風。

當所有東西都變成碎片之後，深感暈眩的迪諾暫時用發呆取代離家出走的行動。

「迪諾！求求你原諒我！」艾琳握著麥克風哭著，跪下：「不要離開這個家！」

看來乞求原諒並不是說謊啊。

「原諒我！我絕對不會再犯了！絕對！我真的知道錯了！」艾琳嚎啕大哭。

迪諾用力深呼吸，勉強自己不要做出更衝動的決定。

「就算你不看在我的份上，也要看在……我跟彼德生的女兒份上啊！」

艾琳嘶吼，一把眼淚一把鼻涕。

看在彼德跟妳生的那個……雜種的份上？

這一句話讓迪諾重新開始發呆。

發呆。

迪諾恍恍惚惚地發呆，已經有兩個禮拜這麼久。

這段持續不懈發呆的精神空檔裡，他搬到汽車旅館裡。

有時候記得吃東西，有時候忘了吃東西。

有時候記得到廁所裡大小便，有時候就任憑褲子底孵出一包又一包的屎尿。

終於他還是得振作。

這個世界充滿了謊言，連他幸福美滿的家庭都是一場可恥的騙局，他既然發明了這支麥克風，就有義務跟責任要用它戳破這個虛偽的世界。

洗了個久違的澡，迪諾在鏡子前打起精神刮了鬍子。

買了一套稱頭的名牌西裝，打了條陽光色的領帶，擦亮了鞋。

在鏡子前，迪諾好好打量了全新的自己一番。

「我一定要出人頭地我一定要飛黃騰達！」

迪諾看著容光煥發的自己：「讓那個臭婆娘後悔！後悔在我努力跟麥克風生死搏鬥的時候，她竟然在沙發上跟那個王八蛋亂搞！亂搞！亂搞！」

懷著復仇的喜悅，迪諾帶著這支麥克風來到他所能想像最大的科技公司。

櫃檯。

「你好，我發明了一支誠實麥克風，我想將它量產。」迪諾覺得領帶有點太緊了。

「請問你想求見的部門是？」秘書微笑。

「我看，我就直接跟你們公司的最高主管聊一聊吧。」迪諾調整了一下領帶。

「請問你有事先預約嗎？」秘書笑得很大公司。

「沒有。」迪諾否認的時候，卻是一臉驕傲。

「請你在這個表格上填一下資料，我們處理好之後再通知你來訪的時間。」

「我想妳誤會了，事實上我想我的來訪並不需要事前預約。」對此，迪諾很有自信：「因為我帶來的是革命性的產品，劃時代，顛覆性概念，請注意，是貴公司需要這個產品，而不是我需要貴公司。」

「謝謝，請你在這個表格上填一下資料，我們處理好之後再通知你來訪的時間。」

「……」

迪諾莞爾，他覺得這個秘書真是搞不清楚狀況啊。

一個只會傻笑不會用腦袋的小妞，難怪只能靠漂亮臉蛋在櫃檯接待客人呢。

「聽好了，這是一支能夠讓所有人不得說實話的麥克風，它帶給人類社會的影響力是前所未有的，有了它，任何雜種小鬼說謊、婊子婚姻外遇、好友亂搞你的老婆，通通都無所遁形，可說是有史以來最理想的家電用品……」

「請你在這個表格上填一下資料，我們處理好之後再通知你來訪的時間。」

迪諾簡直難以置信。

「……我想貴公司即將錯過！錯過！唯一能夠讓你們股價翻十倍的產品！」

秘書這次沒有回話，但依舊保持了一個非常專業的官方微笑。

官方到令人想用力揮出拳頭啊！

不過比起揮出拳頭，迪諾還有更像樣的東西可以宣洩他的憤怒。

氣呼呼的迪諾拿出麥克風，硬是將它放在秘書的面前。

「請問你他媽的是想幹嘛？」秘書不明就裡，卻脫口成髒。

秘書一臉吃驚。

「說！為什麼不讓我直接見你們的大老闆！」迪諾握住麥克風的手腕青筋暴露。

「省省吧，你這種自以為是的神經病我見多了，等你一轉身我就會把你的申請書扔進碎紙機裡！」秘書越說越吃驚，最後整張臉竟然扭曲起來：「滾你媽的！」

還用得著說結局嗎？

任憑秘書不斷地在後面道歉，迪諾頭也不回地離開了這間財大氣粗的大公司。

真是虛偽！

超級噁心！

彬彬有禮的笑容底下，完全是另一副醜惡的嘴臉！

走在街上的迪諾越是生氣，越是覺得皮箱裡的麥克風充滿了使命感。

沒錯，他實在太低估這個世界的偽善了。

這支誠實麥克風的誕生，怎麼可能只是用來進行家庭革命的普通電器呢？

說謊偷吃蛋糕的雜種小孩？

說謊偷腥好友的賤人老婆？

說謊亂上妻子的混帳好友？

都不是！

通通都不是！

它要對抗的，是整個社會惺惺作態的虛偽文化啊！

「要讓它發揮最大的力量，就不能只當它是商品……對！不能只是商品！」

迪諾用力將只打過一次的領帶，扔進路邊的垃圾桶裡。

3

情歌王子傑克勞達今天要舉行聯合記者會。

出道十二週年的紀念演唱會，開票短短一分鐘就賣光光，座無虛席。

這種盛況對傑克勞達來說實在是……太稀鬆平常了。

出道十二週年？這種主題連傑克勞達自己都想笑了。

又不是真正的整數，哪有什麼宣傳點，不過是演唱會需要一點名堂罷了，反正自己如此受歡迎，想怎麼開演唱會就怎麼開，名義只是信手拈來，粉絲都會照單全收，這個世界真是虛偽啊……傑克勞達驕傲地在心中嘆息。

在保鏢與經紀人的前呼後擁下，傑克勞達習以為常地走進飯店的記者會現場。

鎂光燈此起彼落。

傑克勞達微笑，在掌聲中簡單揮手致意。

看著這些只要拍到明星就可以寫出報導的記者，或許他們之間還有不少人是自己的粉絲吧，聽聽這些尖叫聲就知道了。

一邊揮手，傑克勞達笑得很燦爛。

今天的記者會名義上是宣傳演唱會，但既然粉絲都已經把票都買光光了，到底演唱會還需要宣傳什麼呢？關於演唱會已經沒有東西可以賣了啊！

傻了！

當然是藉由媒體宣傳自己啊！

表面上，演唱會的票是商品，架上的唱片是商品，各式各樣的明星周邊是商品，但真正有價值的商品是傑克勞達自己，他很清楚。比誰都清楚。

宣傳永遠都不能停，要讓自己持續不斷地被這個世界注意到自己，讓自己很受歡迎的事實透過媒體一直一直放大，曝光！曝光！曝光！

唯有不斷的曝光才能維持自己的身價。

一陣寒暄過後，媒體聯訪正式開始。

「這次演唱會的票一下子就賣光了，有沒有話要感謝廣大的粉絲？」

「大家這麼捧場週年演唱會，讓我相當驚喜，屆時一定全力以赴！」

「請問你的經典歌曲這麼多，這次演唱會的曲目，都是怎麼挑選的呢？」

「出道十二年了，一路走來累積了很多作品，當然了，演唱會時間有限，所以這一次拿出來獻唱的當然都是精挑細選的好歌囉，不過我想保留一點神秘感給到現場聽歌的粉絲，總之一定不會讓大家失望。」

「可以稍微透露一下演唱會的特別橋段嗎，比如說邀請到了哪些嘉賓？」

「這次邀請到的演唱會嘉賓都是我上過的女歌手呢哈哈哈哈！」

語畢，所有記者都嚇傻了。

傑克勞達的臉更是僵硬到不行。
這是什麼奇怪的玩笑嗎？記者的臉上都寫著滿滿的問號，不知道該不該笑。
唯獨一個人露出堅定不移的正義表情。
那個人，當然是混在記者群中，努力在關鍵問題上向前伸出麥克風的迪諾。
「哈哈哈瞧你們那是什麼表情啊！」
滿臉通紅的傑克勞達畢竟還是國際級的巨星，馬上就爽朗地笑了出來：「簡單開個玩笑別當真啊！她們都是非常優秀的歌手，都是實力派唱將！」
正當記者們發出「原來如此」的呵呵傻笑時，迪諾已趁著騷動擠到了更好的位置。
那支誠實麥克風已突破重圍，來到傑克勞達的正前方。
「請問你對演唱會之後的慶功派對有什麼想法？」
「想法？派對還有什麼想法？」傑克勞達露出迷人的笑容：「當然是找幾個漂亮的粉絲回飯店嗑藥打砲啊！」
記者又大傻眼了。
傑克勞達對自己剛剛的大失言極度吃驚，他完全不知道自己怎麼這麼失控。
「哈哈哈看看你們的表情……我說的派對當然是……」
傑克勞達咧開一口閃閃發亮的牙齒，試著扳回一城：「淫蕩到不行的瘋狂雜交派對啊！那些粉絲什麼都肯做，完全把我當神呢！我要她們做什麼就做什麼，我還常常把奇怪的東西胡亂塞進她們的陰道裡面咧！紅酒瓶！菸灰缸！電視遙控器！吃不完的披薩！那些女孩的放蕩就跟她們的屁眼一樣！沒有極限！嚇死我啦哈哈哈！咦？你們現在又是什麼表情？跟未成年的粉絲上床這件事我都還沒開始嘴砲呢！」

記者們先是一愣，接著便瞬間暴動了。

大家瘋狂搶上更多的問題。

「演唱會結束有什麼計畫！」

「我要馬上推出巡迴演唱會實況 DVD。」傑克勞達想掐死自己：「買五張就送我助手簽名的照片！買十張就送我的人像抱枕！狠狠搾乾粉絲的荷包！不然我那一倉庫的超級跑車怎麼來的！」

「聽說你有時候會唱對嘴？這次的演唱會你會每一首歌都唱現場嗎？」

「每一首歌都唱現場，那不是太辛苦了嗎？我不就是為了要過得比一般人還要輕鬆才要當大明星嗎？白痴！發問前用一下大腦好不好！」

「幾年前你和法國女明星寶蓮的緋聞，究竟是真的還是假的？」

「每次見面都只是打打砲而已，這樣算真的還是假的我怎麼知道啊！反正搞到最後都提不起性慾了，軟屌，不再聯絡也是很正常不是嗎！」

「寶蓮後來跳樓自殺跟你有關係嗎？」

「我只是叫她去死，又不是我推她下去的！」

大新聞啊！

眾記者大驚，瘋狂湧上，你擠我推，差點擠掉了好不容易卡到好位的迪諾。

傑克勞達臉色蒼白。

他在腦中急速思考為剛剛那一大串連環爆解套的方法，答案卻是一片死白。

「兩年前，你的助理曾經駕著你的跑車撞上高速公路的分隔島，有人指稱當時違規駕車的人其實是你，這個傳言你想證實還是反駁？」記者趕緊把握機會。

「問屁啊！我的助理領我那麼多錢當然要負責幫我頂罪啊！我還多付了他不少鈔票加他一條竊車罪咧！難道我要親自蹲苦牢一趟，搞得一大堆靠我吃飯的低能兒妻離子散嗎！告訴你今天就算我開槍殺了人，只要肯花錢就沒有擺不平的事！」

傑克勞達大言不慚到連眼淚都流了下來，但還是停不下來。

「那位頂罪的助理後來在獄中自殺，這個悲劇你覺得自己有責任嗎？」

「他受不了每天都要被那些暴徒玩弄，在電話裡哭著威脅我花更多錢請律師打官司讓他早點出獄，不然就要將我抖出來。我算過啦！花錢請律師的錢是花錢買通獄卒的十幾倍，所以當然是想辦法讓他在監獄裡被！自！殺！啦！反正這種事永遠都沒有證據是吧！」

到底在說什麼啊我！這可不是鬼扯說笑可以打混過去的事態啊！

「為什麼選擇今天在媒體前說這些話，是不是宣傳效果？」

「宣傳個屁！妳！妳！跟妳！不也都跟我上過床嗑過藥嗎！還假裝對我不大了解？哈哈

哈妳們未免也太假了吧！」

媒體間有三個女記者立刻漲紅了臉，氣到眼珠都凸了出來。

「你難道不在乎今天的發言會毀掉你自己嗎！」

「不在乎？我現在完全搞不清楚自己在幹嘛啊！我死定啦！哈哈哈我死定啦！」

傑克勞達笑到臉紅脖子粗，卻無法停止他的內心話機關槍連發。

過去十二年來，他都是一個極度擅長說場面話的藝人，雖然超級不愛惜羽毛卻超級會假裝愛惜羽毛，假得令人讚嘆，假得大受歡迎！

而今天，明明就沒有吃藥沒有喝酒也沒有呼麻，卻！卻！卻！卻！

卻在最短的時間裡用簡單的幾句話，就將自己的形象徹底毀滅！

頭一次，從四面八方衝擊過來的鎂光燈，打在傑克勞達的臉上是那麼的炙熱。

頭一次，潮水般的問題淹沒了傑克勞達的理智，與引以為傲的禮貌。

他想轉身逃走，卻被衝破封鎖線的媒體團團圍住，進退不得。

4

「不要逼我！不要再問我問題了！」

傑克勞達大吼：「不然我不知道自己還會說出什麼秘密啊！」

歇斯底里的記者繼續逼問。

無法逃走的傑克勞達只得摀住自己的嘴巴，不讓任何一個字脫口。

就在這個時候，迪諾一轉身，對著所有的鏡頭大叫：「想知道為什麼情歌王子今天會大爆發嗎！想知道一向文質彬彬的傑克勞達，為什麼會在媒體前露出猙獰的真實面目嗎？全都得靠它——誠實麥克風！」

是的，就等這一刻。

沒有比揭發謊言連篇的演藝圈更合適的登場舞台了。

早已演練多時。

就像亞瑟舉起石中劍，迪諾在發狂的鎂光燈下高高舉起誠實麥克風。

藉著傑克勞達的全面崩毀，這個世界，第一次認識到「實話實說」的威力。

在同一天，迪諾一共突襲了七個公開記者會。

一個電影導演對著麥克風傻笑：「我這部新電影雖然職位是導演，但我只是掛名的啦！更重要的是！超難看的啊！不過再怎麼難看，只要宣傳做得好就一定會有白痴進場的嘛哈哈哈！」

一個年輕帥哥大言不慚地對麥克風發表：「我對演戲根本沒興趣，也不是為了錢，真的，我家本來就暴有錢的！我拍片，只是為了上夜店時用這張臉更好把妹罷了。」

一個女歌手平靜地對著麥克風說：「大家好……好個屁！今天我當然是超級不高興來這裡做唱片宣傳，這種鳥地方誰想來啊？剛剛你們還有臉問我喜歡當地食物的什麼？看在錢的份上！我只想趕快做完宣傳，趕快搭飛機到稍微正常一點的國家！」

一個歌壇老鳥一邊喝水，一邊裝親民地拿著麥克風說：「這次新專輯有什麼突破的創意是吧？啊？就唱啊！什麼風格什麼嘗試都是騙人的玩意兒，不要老是這麼裝、這麼假行不行？現在唱片環境這麼差，還不就是湊幾首自己的歌跑商演賺錢嘛！」

一個戴著墨鏡的歌手酷酷地對著麥克風反擊：「是的，我有菜花。但我想請問，你們之間誰沒有菜花？沒有菜花的人才可以拿石頭丟我！不然！就請你閉嘴謝謝！」

一個得獎無數的女明星笑擁麥克風：「我有今天的成就，靠的全是我一路睡過無數場記、助導、副導、導播、導演、編劇、監製、製片人、經紀人甚至還有一些我搞都搞不清楚名片上印的是什麼職稱的人，總之陪男人上床絕對不吃虧，沒有上錯床，只有錯不上床呢！」

全面崩毀。。

誠實麥克風登上了時代雜誌的封面，諸位明星出糗的照片則小小的置於角落。

「終結謊言，真實的力量！」斗大的標題轟然浮現。

誠實麥克風的威力，令演藝圈在一個星期內前仆後繼掛了快一百個明星，造成演藝人員的大恐慌，許多人一看到麥克風就快閃，完全不敢接近，讓許多迷哥迷姊大感傷心，網路上充斥著「我本來很喜歡你，沒想到你竟然是這種人！」的揪心言論。

許多專家爭相研究這支麥克風的構造，從科學的角度進行解析。

首先，令科學家深感疑惑的是，若真有一種科學儀器能控制一個人非說實話不可，這個器具一定非常大，至少要從四面八方涵蓋一個人的腦袋，像箱子一樣，才有辦法掃描一個人的腦神經，進而刺激特定的腦區域讓他做出特定的反應。

但，這只是一支麥克風，就是一支麥克風，完全不需要掃描使用者的腦袋，對著它講話就不由自主說出實話，簡直莫名其妙，外星人的超高端科技似的。

可超級矛盾的是，這支看似只能由外星人發明出來的麥克風，實際上也沒有這麼高科技。

這支麥克風是從各式各樣的尋常家電中拆解拼湊出來的東西，每一個零件，都充滿了隨處可得的可能，黏合組裝的過程更充滿了家庭手工的粗糙感，完全很普通，超級不精密，偏偏化零為整的最終結果，卻是如此神奇！

若問迪諾這支麥克風的科學原理，早就摩拳擦掌的迪諾可以對著許多擁有不可思議學經歷的科學家滔滔不絕好幾個小時，比手畫腳，說著一堆似是而非的理論，其中還包括心理學、社會學、哲學、人類學、靈性科學、佛學因果小故事、英雄漫畫裡的卡通式科學理論，甚至是莎士比亞的詩作，當然了，還有相當拙劣的基礎電子學。

無論如何鬼扯，迪諾都實際做出來了，這些科學家也只好正襟危坐地聽著。

老實說，這些亂七八糟的偽科學原理拆開來聽，還真是淺顯易懂。

但沒有科學家弄得清楚，這些粗糙的人生道理為什麼跟製造這支麥克風有關。

更大的問題是，聽完了迪諾從車庫實作中領悟出來的長篇大論後，那些得到設計圖的科學家，嘗試從逆向工程中組裝出一模一樣的麥克風，卻終告失敗。

無一成功。

稍微能夠解釋的原因，竟是迪諾使用的零組件是從許多舊家電中拆解下來的，而這些舊家電有許多已經停產，或是後來的再製品已採取不同的製程，當年的零組件不是不復存在，就是已經有更新型的零組件取而代之，無法打造出真正意義上的，一模一樣的誠實麥克風。

這點正是讓許多科學家大感不解之處。

零件只有越來越新、越來越好的可能，但又為什麼採用完全相同功能的零組件，組合出來的另一支麥克風，都無法產生強迫逼人說實話的機制呢？

無法複製的製程，究竟是不科學的。

於是，這支誠實麥克風變成了獨一無二的「非科學存在」。

無法被大量複製，就意味著無法變成商品。

「怎麼會不科學呢！明明就非常科學！」迪諾對這個結果感到很失望。

但意外的，非科學的存在這個點卻打動了宗教界的心。

全世界的焦點都集中在羅馬。

二十萬人在梵蒂岡廣場點蠟燭守夜，祈禱，靜待教廷會議的結果。

幾天後，教廷會議做出了結論：「這支麥克風裡有上帝的旨意」。

——於是掀起最大的轟動。

不管科學不科學，有更多人對這支誠實麥克風的威力抱存絕對的懷疑。

但還有一丁點懷疑的人，很快的也就不再懷疑。

因為這支誠實麥克風在重重戒備下，被迪諾親自送往它最該去的地方。

政客的面前。

5

今年正值總統大選年。
每個總統候選人早在各大媒體間進行赤裸裸的言語攻防。
每一個候選人，都言之鑿鑿自己才是選民的寄託。
每一個候選人，都百般保證一定會帶領大家前往更美好的未來。
越來越誇張的政見充斥。
保證國民生產毛額大幅度躍進，保證最低薪資一定會逐月往上調整，保證失業率一定會低到讓人民很有感覺，保證水電費不會快速調漲，保證加速跟鄰邊諸國簽訂絕對有利於己方的貿易協定，保證替代能源一定會在最短時間內取代核能發電，保證一定會加速國會立法讓富人階級多納稅，保證立法不讓財團壟斷各大企業，保證食品安全，保證司法獨立絕對不會讓司法成為特定政黨打擊政敵的手段，保證人民擁有合法的集會自由。
現在，誠實麥克風被迪諾交遞到總統辯論會上。
負責電視轉播的主辦單位規定，每一個候選人都要在誠實麥克風前發言。
這個臨時新加上去的環節，預料會創下有史以來收視率的高峰。
可以想見，每一個總統候選人對這個「環節」都很有意見。
上台前，這五個總統候選人在後台做出了協議。
「只要我們口徑一致，都不要使用那支麥克風的話，主辦單位也拿我們沒辦法。」
「哼，只要立足點一致，當然都別使用那支什麼鬼的麥克風啦！」

「那就說好了，等一下通通別用。」

「沒錯，都別用，讓那些只想看好戲的好事之徒栽跟斗！」

五個總統候選人默契十足地上台，握了手，各就各位。

誠實麥克風在辯論會的中央舞台緩緩升起。

第一個總統候選人上台。

「晚安，主辦單位好，諸位媒體先進，現場來賓，以及電視機前面的觀眾朋友，大家好，首先我要聲明的是，我並非否定誠實麥克風的能力，但我想強調的是，我的誠信並不需要誠實麥克風的鑑定，我一路走來，始終如一，選民的眼睛是雪亮的，我相信過去的政績已經獲得了選民的考驗，謝謝指教！」第一個候選人馬上就公開拒絕使用誠實麥克風進行演講，使用的是厚臉皮戰術。

全場噓聲四起，幾乎立刻判了第一個候選人的政治死刑。

第二個總統候選人立即接口道：「政治是一種管理上的藝術，這種藝術涉及的層面很廣，很多事情並不是表面上那麼簡單，那麼有條理，它有很多細節上的處理是一支單純科學化的麥克風所無法涵蓋的，簡單來說，政治並不是一張有標準答案的課堂測驗卷，所以由一支號稱科學的麥克風為我們的施政藍圖打分數，對我們並不公平。所以，我也反對由區區一支麥克風對我們的理性發言做出判斷。」

似是而非的理性發言照樣令全場噓聲大作。

不過就是叫你講個真話，怎麼廢話那麼多！

第三個總統候選人也沒有放棄，這次他訴諸奇妙的感性：「這個世界上有很多事情，是科學無法計算的。這個世界上，有很多價值，是科學無法衡量的。這個世界上，有很多謊言，是事實無法交換的。為此。我必須做出沉痛的決定，在這場總統政見辯論會上，我無法使用誠實麥克風。」

毫無重點的神唬爛發言啊！

滿場的觀眾氣到扔瓶子了！

第四個總統候選人超級乾脆：「相信我，我很想使用誠實麥克風，但我知道的國家機密實在是太多了，很多機密國人在現階段並不合適知道，比如我國與鄰近國家的軍備競爭背後的真實佈局，誰在哪裡佈下多少導彈，哪支艦隊實際上負擔了多少作用哪些過時的艦艇又只是裝腔作勢的紙老虎，這些都裝在我的腦子裡，萬一我脫口而出怎麼辦？又有誰該負責？又比如外星人是否跟我國科技部門進行過技術交換或秘密合作……或許你以為我在開玩笑，但抱歉，請容我遠離它。謝謝！」

什麼鬼！未免也太自以為是了吧！

全場幾乎要暴動起來了！

第五個總統候選人眼看苗頭不對，索性直截了當地走向誠實麥克風。

在吵雜的暴動聲中，第五個候選人高高舉起雙手，呼喊：「是！是應該暴動！我也實在看不下去啦！前面那四位候選人連一句實話都不敢說，可見他們根本不配競選一個國家的總統！一個國家怎麼能依賴謊言運作下去！我！才是大家唯一的選擇！現在就讓我用誠實麥克風演講吧！」

剛剛那四個候選人大怒，眼睜睜看著那個自私自利的王八蛋輕易地接收滿場的掌聲與喝采，這麼快就見風轉舵！你才是最不能信賴的！最不能當總統的騙人精！

「叛徒！」第一個候選人大叫：「我也要用誠實麥克風！」

「太令人痛心了！」第二個候選人露出沉痛的表情：「我感到非常遺憾！事到如今我也只能勉為其難使用一下誠實麥克風了。」

「當譁眾取寵成為事實，說出真相就是唯一義務。」第三個候選人持續說著莫名其妙的箴言：「就讓我用誠實麥克風，讓虛偽的高牆倒下吧！」

「如果各位不介意我腦中的事實嚇壞你們的話，就讓我的發言震撼世界吧！到時候可別說我沒警告你們啊！」第四個候選人眼珠子都快噴火了：「拿來！給我拿來！」

「來不及了，你們這些虛偽小人在剛剛已經露出真面目，等我用完麥克風之後，就讓麥克風繼續拆穿你們的虛偽！」第五個候選人用力握緊麥克風，打算用最快的速度背出他牢牢記熟的國家政策，不讓自己有任何思考的機會。

像唸經一樣，完全沒有思考時間的話，這支麥克風就無法控制自己了吧！哈哈！

第五個候選人深深吸了一口氣，用力噴出：「我的政策就是表面民主，骨子裡更獨裁的進化式獨裁！超簡單聽好啦！我會針對爭議性特別高的幾個議題，舉辦一系列的公民投票，去弱化民眾上街頭抗爭的合理性，哈哈哈我都大方地開放公投了你為什麼還要上街頭抗爭呢！我都這麼民主了，你還抗爭的話，那就是你特別不民主嘛！你就只想搞抗爭搞自我實現想當烈士想紅想譁眾取寵！但我會利用國會優勢把公投門檻弄得非常艱難，不管什麼議題我通通不會讓你們公投成功啦！公投不過之後，你還是硬要上街頭就是你浪費國家資源浪費納稅人的稅金啊！哈哈哈哈哈！有了這一招，我想做什麼就可以做什麼啦！還有民主幫我背書耶何樂而不為呢哈哈哈哈哈！」

語畢，群情激憤！

四個候選人聽得滿身大汗，剛剛那種形象大崩毀根本是所有政客的惡夢啊！

好險！

「他媽的換你！還有你！你！你！」

第五個候選人拿著麥克風衝向第一個候選人，憤怒不已：「就從你開始！給我回答我們正在興建中的核能電廠到底能不能運轉！還有你！到底你有沒有包養情婦！不！是你到底包養了幾個情婦！你！就是你！你是不是持有他國護照根本就不夠資格參選總統！我知道你匯過無數次大筆款項到瑞士銀行！你根本就是貪汙成性！不要逃！你要回答！你一定要回答市府那塊捷運土地徵收開發弊案跟你有什麼見不得人的關係！是不是勾結！」

四個候選人就這麼狼狽地被這第五個候選人給追著跑。

你越跑，我就越追。

你越不給問，我就一定要問到底。

這滑稽的追逐畫面越來越離譜，網路上的留言瞬間沸騰起來。

搞到最後，全場觀眾再也無法忍受了。

「王八蛋！騙子！下台！」

「太可惡了你們這些沒良心的政客！根本就把我們當白痴！」

「無限期反對你們這些爛人參選！」

連同工作人員，大家一起衝向還在進行直播的現場，築成張牙舞爪的人牆將隨行保鏢擋在外面，再將五個嚇傻了的候選人全都綁了起來，用誠實麥克風仔仔細細地凌虐他們。

所有的問答過程都透過電視，透過網路，直播給全國各地。

每一個候選人的回答都誠實得令人難以忍受。

震驚。

厭惡。

憎恨。

暴怒。

抓狂。

完全，沒有，任何，一個候選人，禁得起對著麥克風好好說實話一分鐘。
這個國家，已經不需要總統候選人了。

6

這個令人發瘋的事實點燃了革命的焰火，在網路上燒出了鋪天蓋地的反撲。
各大社群網站迅速組織出一支又一支的青年革命軍，憤怒地湧上主要城市幹道。
被謊言精密控制的社會一旦有了裂痕，就永遠也無法彌補如初。
實話的力量就像核子彈爆炸，一旦在此處炸開，馬上就是更劇烈的連鎖反應。
只隔了一夜，大街小巷，都是示威抗議的人潮。
每一間學校都空空蕩蕩。
每個行政機構都被抗議標語貼得密密麻麻。
立法院的委員們上台連番砲轟各政黨推出的總統候選人荒腔走板丟人現眼，個個罵得口沫橫飛，媒體也拍得十分過癮。
可迪諾奉上誠實麥克風到立法院之後，衝入立法院的群眾將每個出入口用桌椅堵了起來，逼每一個立法委員都要使用誠實麥克風發言一分鐘才准離開。

「誰敢真的要那座蓋了幾十年的核能發電場實際運轉啊！不要傻了好不好！我還有一大堆房地產啊！我們只是想繼續拿幾百億的工程回扣，蓋好玩的而已！大家不要窮緊張！誰都知道核電廠蓋得那麼嘴砲，當然只是蓋爽的啊！蓋得太好不就代表用料用得很實在，用料很實在我們是要怎麼從中抽一手是吧？我也反核啦！真心反核啦！」

「哈哈哈公投法是我故意設計成這樣的啊！我通過公投法，但我要讓公投法什麼都不能投，變成鳥籠公投。主權也不讓投，領土也不讓投，國號也不讓投，什麼東西都不能投，而且投的門檻高得不得了——所有公民數的一半！這種公投一定會垮的，我要全體公民數的一半，那你怎麼投？投票率最高都只有八成，所以你只要有三成的人反對，選民就輸掉了。這就是立法的技巧！哈哈哈哈哈！」

「廢話！罷免立法委員的門檻當然要提高啊！白痴！罷免到我自己怎麼辦！」

「我才是真正的男子漢！我跟老婆道歉之後！照樣！每天！下班！去汽車旅館亂幹一通哈哈哈哈哈哈！因為我申請了立委專用的秘密通道啊！」

「其實我幹立委幹了十二年了，唯一弄懂的只有分錢的時候要記得舉手，呵呵呵呵我沒有什麼特別要支持還是反對的啦，什麼政治立場都是假的，只有錢才是真的呵呵呵呵，大家以和為貴嘛呵呵！」

「這些暴民到底還要在這裡乾耗多久啊？我只想回家睡在鈔票上啊……」

下場？

下場就是每個立法委員都被雞蛋砸得唏哩嘩啦，政治生涯瞬間結束。

第三天，琳琅滿目的抗議標語將鎮暴警察的盾牌都貼滿。

第四天，大家通通走上了街頭，手牽著手，呼喊著共同的訴求。

「說謊政客下台！說謊政客下台！說謊政客下台！說謊政客下台！」

有人穿黑衣，有人穿白衣，不管是黑衣白衣，只要不嘴砲，就是好顏色。

迪諾當然也在人群裡面。

高舉著象徵真理火焰的誠實麥克風，號令群眾，莫敢不從。

這麼多群眾湧上了街頭，很快就有警察跟著在大街上拉開拒馬與蛇籠。

迪諾呼喊：「終結謊言！政客下台！」

群眾跟著呼喊。

「終結謊言！政客下台！」「終結謊言！政客下台！」「終結謊言！政客下台！」

「終結謊言！政客下台！」「終結謊言！政客下台！」「終結謊言！政客下台！」

「終結謊言！政客下台！」「終結謊言！政客下台！」「終結謊言！政客下台！」

「終結謊言！政客下台！」「終結謊言！政客下台！」「終結謊言！政客下台！」

「終結謊言！政客下台！」「終結謊言！政客下台！」「終結謊言！政客下台！」

「終結謊言！政客下台！」「終結謊言！政客下台！」「終結謊言！政客下台！」

警察局長拿起麥克風：「第一次驅離！警告！」

迪諾呼喊：「和平！理性！警察不是人民的敵人！」

群眾跟著呼喊。

「和平！理性！警察不是人民的敵人！」「和平！理性！警察不是人民的敵人！」

「和平！理性！警察不是人民的敵人！」「和平！理性！警察不是人民的敵人！」

「和平！理性！警察不是人民的敵人！」「和平！理性！警察不是人民的敵人！」

「和平！理性！警察不是人民的敵人！」「和平！理性！警察不是人民的敵人！」

「和平！理性！警察不是人民的敵人！」「和平！理性！警察不是人民的敵人！」

「和平！理性！警察不是人民的敵人！」「和平！理性！警察不是人民的敵人！」

鎮暴警察無言地看著和平理性的群眾，只覺得站了一天腳真是痠。

警察局長拿起麥克風：「第二次驅離！警告！」

迪諾帶頭鞠躬：「警察先生辛苦了。」

群眾跟著鞠躬。

「警察先生辛苦了。」「警察先生辛苦了。」「警察先生辛苦了。」

「警察先生辛苦了。」「警察先生辛苦了。」「警察先生辛苦了。」

「警察先生辛苦了。」「警察先生辛苦了。」「警察先生辛苦了。」

「警察先生辛苦了。」「警察先生辛苦了。」「警察先生辛苦了。」

「警察先生辛苦了。」「警察先生辛苦了。」「警察先生辛苦了。」

「警察先生辛苦了。」「警察先生辛苦了。」「警察先生辛苦了。」

強力水柱就這麼辛辛苦苦地射過來了。

帶著連日疲倦表情的鎮暴警察，一開始用強力水柱成功沖垮了人潮好幾次，抗議民眾卻越聚越多，完全沒有退散的意思。

入夜的時候，幾十輛水車的水終於消耗殆盡。情勢大逆轉，五十多萬個民眾將幾千鎮暴警察團團圍住。

就在情勢最緊張的時候，顯然超級防水的誠實麥克風，被渾身濕透的迪諾遞到警察總局長的面前，讓局長一不留神說了一大串：「你以為我們為什麼要當警察啊？為了正義？為了飯碗？才怪！我們當警察就是因為我想合法打人啊哈哈哈哈！多少人我們都打！打！弟兄們！別客氣啊！水柱用光了，我們還有警棍啊！警棍打斷了，我們還可以用盾牌砸啊！打啊弟兄！現成的五十萬暴民無限期任你隨便打隨便踹啊！」

此時幾千名鎮暴警察弟兄全傻眼了。

這個低級的長官出賣自己也就算了，憑什麼把大家看得跟他一樣垃圾！

下一瞬間鎮暴警察就被暴怒的民眾給衝散，變成腳底下的人肉踏墊。

第五天，要求警察脫掉制服跟人民站在一塊的革命火焰，將每間警局都燒成火海。

第六天，要求縮短貧富差距、終結不公不義財團剝削的聲浪達到頂點。

第一間銀行陷入火海後，每一間銀行都接二連三化為灰燼。

第七天，政府才想到要切斷網路。

想切斷民眾的資訊，卻也切斷了民眾最後的理智。

沒有網路的緊密串連，反而逼使謠言四起，全面失控。

街上到處都是被焚毀的高級轎車，被砸毀的高級住宅大廈的大門。

這個社會正在拚命宣洩它累積了好幾世代不公不義的憤怒。

短短七天，舊的謊言世代就被炸掉了。

而發明誠實麥克風的迪諾，則被網友封為「誠實革命軍」的幕後國父。

二十四小時都有革命軍嚴加保護著迪諾，跟他的麥克風。

迪諾終於出人頭地了。

雖然已經沒有時代雜誌了。

但如果這個世界上還有時代雜誌的話，迪諾一定是頭版人物。

雖然已經沒有選舉了。

但如果這個世界上還有選舉的話，迪諾一定選什麼上什麼。

雖然什麼都垮掉了。

但如果，如果這個世界就只剩下了雖然跟如果。

又過了七天。

網路恢復了，各種緊張也加速膨脹了。

所有的政治人物、宗教領袖、學校老師、親戚長輩，所有代表權威的一切，全都被徹底質疑，一切都因為謊言無所遁形而崩毀了，誠實革命軍整天拿著他發明的麥克風，強迫站出來發言的公眾人物，必須對著它演講幾句，否則演講的內容通通不予採信。

於是許多公眾人物不是被公開炸成一個個嘴砲王，就是摸摸鼻子噤聲。

又過了七天。

局勢的演變越來越分歧，各式各樣的公民團體以超高速攻擊著彼此。

許多民眾聲稱，連日來的紛爭與無秩序，已經證明了這個世界就是需要謊言來統治，所謂的絕對誠實只會讓這個世界毫無依循的規則，進而自我毀滅。

所以，維持穩定才是最重要的事。

為了社會穩定，謊言是必要的潤滑劑。

新的核能發電廠雖然不安全，但沒關係，官員會保證它很安全。

每一個議員都保證會認真制定增進人民福祉的法條，不會偷渡自肥條款。
每一個官員都保證他們會好好上班，不收賄不貪汙，不官商勾結，不官官相護。
大型食品企業擔保所有食材都在最嚴格的把關下進行再製作，絕不黑心。
只要你相信這些謊言，還是有相當大的機會平平安安快快樂樂度過一生。
但如果這些謊言赤裸裸崩毀在你面前，你就會整天煩惱危險的核能外洩，你會憎恨每一任你選出來的政客議員根本不配代為行使你的意見，你會非常不解為什麼一個背著妻子帶女人上汽車旅館亂插一通的議員整天跟你談道德，你會意識到你終其一生都在當大財團合法的奴隸，你會不甘心自己吃了一生的東西原來都是超不衛生也超不營養的劣質食品。
承認吧！
人民必須承認，他們並不想要選出一個誠實的政治家，整天危言聳聽。
人民必須承認，他們需要的是一個願意說假話安撫民心的政客，推銷集體麻痺。
承認吧！
絕對的誠實，根本就是找自己麻煩。
這個世界，本來就是髒的，不必假裝它可以很乾淨。
於是許多保守激進派的公民團體誕生了，人數同樣越來越多，他們宣示要不計一切代價搶奪到誠實麥克風，對其處刑！將它公開毀滅！
為了徹底維護「誠實」的終極價值，誠實麥克風已經脫離迪諾的掌控，被一群武裝化的公民團體給悉心護衛著，二十四小時都有革命軍嚴加保護著這支宛若民主聖火的神器。

而什麼什麼的國父，迪諾，則被可有可無地閒置在一旁。

這些誠實至上的公民團體有好幾個不同的派系，理念多少有些差異，但大家在網路上凝聚出一個基本共識，就是在這個週末內號召一百萬人上街頭，共同對政府進行最徹底的革命！

這些公民團體聯盟聲稱，這個社會上一定可以找出一個真正誠實的政治人物，讓他用最高尚的情操，帶領所有人走向一個美好的未來。

一個，不需要靠謊言麻痺自己的，充滿虛假安全感的，美好未來。

但那樣的人，一個所謂真正誠實的政治人物，確實存在於這個世界上嗎？

呼聲最高的，有三個人。

第一個，是搞學生運動起家的年輕領袖，每一場抗議活動都可以見到他的身影。

第二個，是從宗教界踏入公民運動的大師，德高望重，氣度非凡。

第三個，是經常對許多社會議題高談闊論的作家，用高人氣嘴砲對抗強權。

這三個人，即將在這個週末的全國演講中公開使用誠實麥克風。

他們公開使用誠實麥克風的結果，將決定誰才是真正的公民領袖。

或者。

將決定這個世界上，是不是並不存在真正誠實的領導者。

「什麼都完蛋了嗎？」

此時此刻，迪諾站在烽火四起的街頭，看著滿目瘡痍的一切。

迪諾迷惘了。

誠實一度是值得稱頌的美德。

可是現在呢？

謊言時代看似終結了。

然而，取而代之的，並非誠實的光明磊落，而是說謊的黑暗代價。

「我發明了誠實麥克風，到底是對……還是錯？」

迪諾喃喃自語。

這時，艾琳出現在他的身後。

7

他們兩人相遇的地點，很諷刺的，正是當年第一次約會的小餐廳。

迪諾下意識想走到這裡吃個東西，艾琳也一樣。

這個巧合意味著什麼？

不意味著復合，但意味著一起吃個飯，迪諾的自尊心還勉強可以接受。

或許是這個世界變化得太快，所以這兩個人之間發生的改變已微不足道。

他們各自點了簡單的三明治與咖啡。

攪拌著奶精與黑咖啡的時候，迪諾這才注意到，模樣憔悴的艾琳的身邊並沒有跟著……跟著那個她跟彼德生的雜種小孩。

是說，那雜種叫什麼？

「我忘了那個雜種叫什麼？」迪諾一問出口，馬上就後悔了。

「甄妮。」艾琳沒有生氣，只是聲音虛弱：「她很想你，她始終不知道爸爸為什麼要離家出走，整天一直哭，吵著要找爸爸。」

「嗯。」迪諾低頭，咕噥：「那妳就帶她去找彼德啊。」

一出口，還是馬上後悔。

「甄妮的爸爸是你。」艾琳有氣無力地說：「永遠都是你。」

「當時妳跟麥克風說的可不是這樣。」迪諾嗤之以鼻。

一出口，還是馬上後悔。

「我對不起你，迪諾。」艾琳平靜地道歉：「我跟彼德有過那麼一些錯誤的激情，但，我愛的是你，所以只有你是孩子的爸爸。如果你還願意是的話。」

「……」迪諾低下頭，覺得自己很壞。

「我不知道該怎麼補償你，但是，如果你知道的話，請你告訴我。」

「……」迪諾不想覺得自己很糟糕，但艾琳的話就是讓他無法不這麼想。

「你暫時想不到的話，也沒關係，還是想一個人靜一靜，也沒關係。」

「……」

「總之，我跟甄妮還是會，慢慢過日子等你回來。」

「……」迪諾將頭別開。

兩個人許久都沒有說話，只是默默把三明治吃完。

結束了巧合的偶遇，迪諾逕自離開小餐廳的時候，艾琳在後面慢慢跟著。

一前一後僵持了半小時，迪諾忍不住放慢腳步，讓艾琳跟上。

「妳不回家？」迪諾皺眉。

「沒有你的地方，稱不上家。」艾琳淡淡地說。

迪諾終於嘆氣了。

他不知道如果誠實麥克風現在仍在自己手上的話，艾琳會不會說出一樣的話。

但當艾琳的手輕輕靠了過來，迪諾下意識地伸出小指勾住艾琳的小指。

然後是無名指。

中指食指拇指。

整隻手牢牢地牽住，就像往日時光一樣。

艾琳好像偷偷哭了。

迪諾不確定，只是提醒自己不要開口說任何一個字。

兩個人什麼話也沒有說，漫無目的地走著。

或許這才是幸運吧，誠實麥克風此時此刻就是不在自己手上。

他不需要確認艾琳今晚的道歉是不是真心真意。

一個人願意道歉，本身就是一種心意，一種低聲下氣的勇氣。

而這份心意到什麼程度才算是真心……

嗯，自己為了確認這點，發明了那種東西。

如果那種東西從來沒有被自己發明出來的話，自己就不會知道殘酷的真相。

現在肯定是一家歡樂地吃著垃圾食物，看著電視上的肥皂劇哈哈大笑。

不。

如果那種東西自己從來就不想發明出來的話，艾琳就不會被自己冷落，也就不會有那種莫名其妙的車庫時間，被彼德抱到自家客廳的沙發上亂插一通。

現在肯定也是一家歡樂地吃著垃圾食物，看著電視上的肥皂劇哈哈大笑。

這個世界，或許真的很需要誠實。

但也真的很需要一點點謊言去遮蓋一些醜陋吧。

人類編織謊言，並不見得是想靠欺騙謀求更多的利益。
有時，人類倚賴謊言，只是純粹想遮掩自己狼狽的不完美吧。
忽然，艾琳停下腳步。
「老公，對不起，你可以原諒我嗎？」
抬起頭，艾琳滿臉淚水。
月光下，迪諾看著這個既陌生又熟悉的未離婚妻子。
艾琳說的是真的還是假的？
不知道。
只知道，艾琳的眼淚是真的。
此時此刻，又該如何回應妻子的眼淚呢？
如果誠實麥克風還在自己手上，現在，自己又會說出什麼樣的話呢？
大概，是一句很傷人很絕情很帶刺的一句話吧。
疲憊了，倦了，不值得了。
該證明的也證明了，想得到的跟不想得到的通通都矛盾的糾結在一起了。
迪諾很想回家。
他需要能夠讓自己回家的，一句話。
即使不那麼真也無所謂，那句話能達到的目的比較重要。

「從我離開家的那一天起，我就一直想著要回到妳身邊。」

迪諾緊緊擁抱著艾琳。

在那一瞬間，他從艾琳熱烈的、微微發抖的吻中，覺得這一句不那麼真的話……不真的，很值得。

8

三天後，瘋狂的革命級週末終於到了。

講好的「網路萬人響應，百萬人到場」，要號召一百萬革命軍上街，結果集結了超過三百多萬人，浩浩蕩蕩，標語鋪天蓋地，將首都塞得水洩不通。

走在萬頭攢動的街上，迪諾的腳幾乎給擠得懸空了。

世界變化得太快，身為誠實革命軍的國父也被革命本身給革命了，人潮洶湧，民眾群情沸騰，擠到迪諾自己連主演講台也無法接近。

無法接近。

但必須接近。

迪諾有一個任務，必須擠到距離主講台至少一百公尺的超級搖滾區。

「大家借我過一下！借我過一下！我是誠實革命軍的國父啊！借我過一下！」

滿身大汗的迪諾，拿著時代雜誌採訪他的那一頁照片特寫，一路用力往前擠。

主演講台上，正中央。

探照燈從四面八方將誠實麥克風打得閃閃發亮，猶如一把靜待王者高舉的石中劍。

荷槍實彈的革命軍圍成四道人牆，絕對不讓任何保守分子有搶奪麥克風的機會。

第一個眾望所歸的宗教領袖，牧師史達即將登場。

群眾近乎暴動式的歡呼。

「史達！牧羊人史達！史達！誠實者史達！」

「護教者史達！請讓上帝透過你來領導我們！」

「史達！上帝的僕人史達！請你用最謙卑的誠實榮耀上帝吧！」

「神的使者！誠實的守門人！史達！史達！史達！」

「史達！請你成為誠實麥克風的唯一主人吧！求求你！史達！」

「神的使者史達！請你用誠實的劍！斬斷謊言的鎖鏈！破開虛偽的魂結！」

「破開虛偽的魂結！用五倍的誠實彰顯神的憤怒吧！史達！」

毫無疑問，牧師史達是宗教界的巨星。

史達的演講渲染力十足，每一場佈道都熱力十足，令千千萬萬信徒熱淚盈眶，更讓千千萬萬原本不是信徒的人五體投地在上帝的信仰裡。

風災地震饑荒，只要史達一出現在災區，各界的善款就會迅速飽足救災的需求。

不僅如此，史達的穿著很有品味，言談幽默，態度爽朗，十分有親和力，常常登上宗教類型之外的雜誌封面，史達個人的魅力，讓慈善變成了時尚的義舉，令信仰更好親近，即使不是教徒的人也很喜歡史達。每一回史達去上脫口秀節目，都會創下難以置信的高收視率。

史達會是那一個絕對誠實的終極領袖嗎？

不行！

絕對不能讓這樣的好人冒這種險！

「借過！借過啊！我是誠實麥克風的發明人！國父迪諾啊！借過借過！」

迪諾一想到史達被群眾唾棄的慘狀，就更拚命往前擠。

躺在迪諾的口袋裡，一支斷斷續續發著紅光的特殊機器。

這個機器大約一個橡皮擦大，上面只有兩個按鈕。

話說回家的這三天，迪諾都沒有睡覺。

努力了每分每秒，靠著無法言表的古怪科學理論，再融合以對人生的最新體會，迪諾窩在車庫裡拼拼湊湊出了一個遙控器。

這個遙控器的發射距離約一百公尺，可以遠端遙控誠實麥克風。

遙控器具有兩個簡單功能。

第一個功能，就是遠端爆炸。

簡單說就是毀滅麥克風，但爆炸範圍很大，直徑十公尺內的東西都會炸成塵埃。

第二個功能，就是語意翻轉功能。

麥克風會在瞬間變成說謊麥克風，不管說什麼都會變成與內心心境相反的話語。

缺點是，一旦啟動了語意翻轉功能，麥克風的正負能量就會彼此衝擊對撞，各種功能永遠終止，再也無法重新啟動。

是的，迪諾已默默改變了想法。

妻子不管在背地裡做了什麼對不起他的事，只要妻子讓迪諾有「她很愛他的感覺」，那麼，妻子就是一個深愛著他的妻子。

妻子承諾他要與他共度一生，不管她心裡是否真的想要與迪諾共度一生，就結果上，只要妻子確實與他共度一生，那麼，妻子就是一個與他共度了一生的好妻子。

而那個妻子跟彼德生的小雜種……應該是叫甄妮吧？如果她自己並不知道親生父親是彼德那個王八蛋的話，她當自己是父親一樣的愛，一樣的尊敬，那麼自己勉強把那個雜種當自己的小孩養大，好像也沒有那麼吃虧……吧？

內心的真實或誠懇與否，不過是一種參考。

實際的作為，才是夫妻間真正的相處基準，過度倚賴赤裸裸的真心真意，只會造成人生天崩地裂的全面毀滅。這點，迪諾已經領教過了。

在迪諾的心中，這個社會也一樣。
政客沒有被發現貪汙，他們就是誠實廉潔的政客。核電廠只要一天沒有失控，那些從興建核電廠的過程中得到巨大利益回扣的政客、建商、財團、被收買的各種專家、操弄專業數據的名嘴，他們用謊言保證的核電安全，就是一種在幸運又幸運又超級幸運中被驗證的，暫時性真實。
失控了失控再說。
真相的火焰，比謊言的上癮更可怕。
承認吧！這個不完美的人類社會就是賤！
賤到連自己必須接受被謊言統治也假惺惺的不肯承認！
「根本不會有人，有足夠的真誠帶領這個社會，我必須，阻止最大的悲劇發生！」
迪諾一邊拚命往前擠，一邊持續強調他的特殊身分。
「我是誠實麥克風的發明人！我一定要擠到前面去！」迪諾拚命大叫：「我是誠實革命軍的國父啊！大家讓一讓！我是誠實麥克風的發明人啊！我必須去最前面聽演講！」
但越靠近主演講台，遇到的群眾就越是激情分子，越難擠開。
「你是發明人又怎樣！想去前面就該早一點來排隊！搞什麼特權啊！」
「連抗爭都想亮名字搞特權！我看你這個發明人也不怎麼樣嘛！」
「麥克風是你發明的！但人本來就該說實話！說實話是你發明的嗎！」

「憑什麼要讓你擠過去啊！是麥克風偉大又不是你偉大！」

迪諾一邊忍受著，一邊在心裡咒罵。

這些愚民！暴民！通通都被不存在的真實給操控了！

一旦讓他們知道，連台上這三個千萬人景仰的精神領袖也無法信賴，這個社會最後的信任底線馬上隨時斷掉，斷掉！斷掉！斷掉！斷掉，斷掉！斷掉！斷掉！斷掉，斷掉！斷掉！斷掉！斷掉，斷掉！斷掉！斷掉！斷掉，斷掉！斷掉！斷掉！斷掉，斷掉！斷掉！斷掉！斷掉，斷掉！斷掉！斷掉！斷掉，斷掉！斷掉！斷掉！斷掉，斷掉！斷掉！斷掉！斷掉，斷掉！斷掉！斷掉！斷掉！斷掉！斷掉！斷掉！斷掉！斷掉！斷掉！

信任底線斷掉，接下來就是理智線斷掉！斷掉！斷掉！斷掉！斷掉，斷掉！斷掉！斷掉！斷掉，斷掉！斷掉！斷掉！斷掉，斷掉！斷掉！斷掉！斷掉，斷掉！斷掉！斷掉！斷掉，斷掉！斷掉！斷掉！斷掉，斷掉！斷掉！斷掉！斷掉，斷掉！斷掉！斷掉！斷掉，斷掉！斷掉！斷掉！斷掉，斷掉！斷掉！斷掉！斷掉！斷掉！斷掉！

這三百多萬人擠在街頭，在理智線斷掉後一定不會乖乖解散回家。

一定會衝向政府各大行政機關，暴發出真正的流血革命啊！

流血不可怕！

革命也不可怕！

可怕的是，即使今晚革命成功，下一個黎明也完全誕生不了真正誠實的領導者啊！

「大家好，我是史達。」

史達的聲音透過林立在街道四周的巨型喇叭，環繞了整個首都廣場。

而他彬彬有禮的影像也遍及一百多個巨型屏幕，舉手投足都是廣場唯一焦點。

什麼！

自己還沒擠到主演講台前方一百公尺，史達就已經拿起麥克風了。

史達對自己真的那麼有自信嗎！

一邊趁大家注意安靜聽講往前擠，迪諾一邊暗暗祈禱……

那麼自信地接近誠實麥克風，史達說不定就是可以拔出石中劍的那一個人！

「最近社會動盪，人心不安，政客的謊言流竄，嚴重傷害了人民對政府的信任，就連人與人之間的相處，都受到了影響，彷彿我們之間，從此不再有信任。」史達頓了頓，慎重地靠近麥克風：「我想，我有義務向大家宣布一個事實，」

群眾瞬間靜了下來，就連迪諾也情不自禁停止往前推擠。

所有人，都靜待史達有史以來最偉大的一次佈道。

「其實……」史達深深吸了一口氣，朗聲宣布。

「我就是神啊！」

大家一時之間反應不過來。

「我就是上帝！我就是如來！我才是這個世界上唯一的真神啊！」史達聲嘶力竭地大吼：「什麼死後三日復活？我根本不用復活！因為我完全不會死！只要我寫書，我就是暢銷之王！我唱福音，我就是金曲歌神！只要我稍微打扮，我就是時尚的顛峰！我說什麼你們就信什麼！不管我做什麼你們都喜歡都愛都崇拜！我不是神是什麼！承認吧！你們這群蠢羊！我就是你們的神！你們唯一的真神史達啊！」

史達呆呆地看著麥克風。

三百萬人呆呆地看著史達。

「自大狂！下來！」

無數空寶特瓶、吃到一半的熱狗、汽水可樂通通給扔向主演講台。

群眾的咒罵聲淹沒了完全呆傻的史達，能言善道的他現在一個字也吐不出來。

剛剛這種潛意識程度的爆炸性實話，恐怕連史達自己從來也沒想過吧。

史達過度自信地靠近誠實麥克風，說穿了，其實也就是極度自我崇拜的一種表現，自以為自己真的無所不能，卻還是被深層意識裡的自我膨脹給狠狠反噬。

「人性果然不能信任！」

迪諾根本不必前進，就被瘋狂的民眾從後面狂推，瞬間往前移動了一百公尺。

崩壞了的宗教偶像馬上被誠實革命軍給拋下主演講台，從迪諾的視角看不清楚史達的下場，最慘當然是被憤怒的民眾活活打死，史達最好開始祈禱自己可以在三日後復活。

第二個精神領袖上台了。

長期關注各式各樣社會議題的熱血作家，吉登斯。

寫作二十五年，著作一百五十多本書，整整有兩個世代的讀者都是看吉登斯的文字長大，他不僅陪伴著大家成長，他的正義感也跟這個社會一起成長，只要他發表對某個議題的看法，該篇文章就會以最快的速度在社群網站上轉載，媒體也會第一時間報導，影響力驚人。

現在，吉登斯牢牢抓住麥克風。

「我就知道那個史達只是一個白痴的自大狂，你們那麼崇拜他，實在是讓我超不屑，偶爾我寫文章罵他還會被一堆史達的腦殘粉絲砲轟，砲轟我嫉妒，酸我譁眾取寵。現在，看看吧？是不是？史達那傢伙是不是就像我所說的那種！典型的宇宙戰艦級自大狂啊！」

吉登斯對著誠實麥克風狂罵史達，可見他對史達的不屑倒是真誠的前後一致。

難道，他就是傳說中的，千萬中選一的絕對誠實者！

群眾湧起熱烈的歡呼。

「啊？剛剛忘了自我介紹，那重新開始好了哈哈。喔喔喔喔喔喔喔喔喔大家好！我是吉登斯！寫小說的那個吉登斯啊！人生就是不停的戰鬥那個吉登斯啊！」

巨型螢幕上的吉登斯一派輕鬆地拿著麥克風，十足沒在怕的。

三百萬群眾難掩興奮，紛紛交頭接耳「我就是看他的小說長大的」之類的話。

「人生就是不停的戰鬥！」吉登斯拿著麥克風的模樣，根本就是個搖滾明星。

「人生就是不停的戰鬥！」「人生就是不停的戰鬥！」「人生就是不停的戰鬥！」

「人生就是不停的戰鬥！」「人生就是不停的戰鬥！」「人生就是不停的戰鬥！」

「人生就是不停的戰鬥！」「人生就是不停的戰鬥！」「人生就是不停的戰鬥！」

「人生就是不停的戰鬥！」「人生就是不停的戰鬥！」「人生就是不停的戰鬥！」

「人生就是不停的戰鬥！」「人生就是不停的戰鬥！」「人生就是不停的戰鬥！」

三百萬人狂喜地一起大吼。

「所以說！喔喔喔喔喔喔人生就是不停的戰鬥啊！」

吉登斯再度對著誠實麥克風大吼——

「戰鬥！」

「戰鬥！」「戰鬥！」「戰鬥！」「戰鬥！」「戰鬥！」「戰鬥！」「戰鬥！」「戰鬥！」

「戰鬥！」「戰鬥！」「戰鬥！」「戰鬥！」「戰鬥！」「戰鬥！」「戰鬥！」「戰鬥！」

「戰鬥！」「戰鬥！」「戰鬥！」「戰鬥！」「戰鬥！」「戰鬥！」「戰鬥！」「戰鬥！」

「戰鬥！」「戰鬥！」「戰鬥！」「戰鬥！」「戰鬥！」「戰鬥！」「戰鬥！」「戰鬥！」「戰鬥！」「戰鬥！」「戰鬥！」「戰鬥！」「戰鬥！」「戰鬥！」「戰鬥！」「戰鬥！」

三百萬人雄壯威武地一起吼。

「大家聽好了！人生！就是！不停的——」

熱力滿點的吉登斯把誠實麥克風倒轉，對著底下的三百萬名觀眾。

「戰鬥！」

三百萬名觀眾馬上給予演唱會狂歡式的回應。

「遇到困難！遭遇挫折！我們當然就是見神殺神！遇魔降魔！因為我們就是——」吉登斯簡直就是進入二檔的搖滾巨星，暴吼：「人生就是不停的戰鬥啊！」

「人生就是不停的戰鬥！」「人生就是不停的戰鬥！」「人生就是不停的戰鬥！」
「人生就是不停的戰鬥！」「人生就是不停的戰鬥！」「人生就是不停的戰鬥！」
「人生就是不停的戰鬥！」「人生就是不停的戰鬥！」「人生就是不停的戰鬥！」
「人生就是不停的戰鬥！」「人生就是不停的戰鬥！」「人生就是不停的戰鬥！」
「人生就是不停的戰鬥！」「人生就是不停的戰鬥！」「人生就是不停的戰鬥！」

三百萬人還是跟著一起大吼。

喊得震天價響，鬼哭神號，天空都快要給衝破了。

就在所有人一直大吼大叫的集體情緒裡，迪諾趁機以不可思議的速度接近主講台。

他早一步看出來了。

看出來這個作家吉登斯只是一個無腦的熱血慣犯，他有正義感大概是真的，卻只會一直重複那一句沒什麼了不起的座右銘，根本！就是！一個！大白痴！

五分鐘後，終於，喉嚨喊破了的三百萬群眾才發現了同一個事實，真不愧是看吉登斯小說長大的世代啊！

「一直喊戰鬥是怎樣！是沒別的可以說了是不是！」「戰戰戰戰戰！戰個屁啊！」「白痴下台！」「吉你媽的蛋！滾回家寫小說啦！」「熱血白痴！」「無腦！」「你只是想要帥嘛！給我滾！」「戰三小！人生就是不停的後悔啦！」「回家寫小說啦白痴！」「王八蛋你只是

想紅對不對！」「這裡不是你該來的地方！滾！」「作秀！」「太低級了吧！把我們當白痴是不是啊！」「剛剛我差點就相信你了！我差點！就相信你了！我真是智障！」「無限期支持你回家吃屎啦！」「你在書裡給我戰鬥一整頁就算了！現場演講你也給我飆一整場戰鬥是怎樣！」「人生就是不停的戰鬥！戰鬥！」「戰鬥個屁啦！」「戰你媽！」「還我青春！」「拖稿拖個屁啊！」「不務正業！」「沒那個內涵就不要學人家搞社運！」「對你超失望的啦！」「我以前很喜歡你的！沒想到你是這種人！」「譁眾取寵！就是在說你！你！」「我超後悔看你的小說長大！」「我的中學老師原來是對的！」「我早就跟我朋友說過了！吉登斯遲早原形畢露！王八蛋就是今天啦！」「幹原來你只是一個熱血笨蛋！」「做功課啦！寫小說不要撈過界！」「作秀作夠了沒！下一個啦！」「下一個！」「給下一個啦！」

吉登斯臉很臭地給噓下台，看起來很不甘心，似乎是想回家寫文章砲轟讀者。

當吉登斯忿忿不平地離開主演講台時，就連兩旁的革命護衛軍都給予噓聲。

完蛋了！

只剩下一個精神領袖了。

南征北討，東闖西戰，哪有抗爭就往哪跑，哪有不公義就往哪衝的學運領袖。

一個勇敢的女孩子，德希達。

在三百萬人的注視下，德希達戰戰兢兢地走上主講台。

經常帶領群眾運動的她，完全了解這三百萬人已經處於爆發邊緣了。

噗通……噗通……德希達幾乎可以聽見自己激烈的心跳聲。

以往為了公義而戰，為了對抗權貴與財團，為了幫市井小民發聲，自然沒有什麼緊張可言，對的事，做就對了，可今天的德希達感覺到前所未有的緊張，口乾舌燥。

德希達知道，一旦自己內心那一面被血淋淋呈現出來的模樣，與自己平日的所作所為天壤之別，這群人將完全對這個世界失去信心，當他們在下一秒鐘失控時，也不再有人可以號令他們，阻止他們，更遑論帶領他們了。

那麼，這個世界會變成什麼樣子呢？

不再有真實，於是也不再有謊言，因為兩者將沒有任何分別。

那樣的世界……

「我絕對！不能夠讓這件事發生！」迪諾對這個世界完全沒有信心，只求自己能夠及時挽回最後的光明：「誠實麥克風是我發明的，我有責任要幫這個世界留住唯一一個，也是最後一個……美好的謊言啊！不然大家就會沒有生存下去的依據了……這個世界會全面崩毀啊！」

快到了！快到了！迪諾快擠到了！

「我必須相信，我能夠說出我平常就能說出來的話！」

德希達堅定地說服自己，在心中低語：「我是一個很好的人，平常的自己，就是真實的我自己，我嘴巴說什麼，就是心裡相信的東西。我可以帶領大家走到更好的未來，我一定可以帶領大家……我一定可以帶領大家……」

德希達看著一望無際的人山人海，感受到他們對誠實品行的渴望。

三百萬群眾安靜下來。

守在網路前等待示威遊行結果的千萬網友也屏氣凝神。

德希達的嘴輕輕觸碰到誠實麥克風。

「大家晚安，我是，德希達。」

迪諾，終於，一身狼狽地抵達了距離主講台只有一百公尺的超級搖滾區。

渾身大汗，迪諾奮力舉起遙控器。

猶如點燃聖火，按下。

語意反轉鈕。

嗶！

德希達微笑，不卑不亢地說：「關於這個世界的不完美，我有些話說。」

三百萬對耳朵傾神聆聽。

「我參與群眾運動，一開始只是為了打發時間，跟著學長姊一起上街頭喊喊口號之類的，沒想到才第一個晚上就被鎮暴警察一棒打破頭，上了新聞頭版，大家都說我是正義使者，說我頭上的鮮血是為社會犧牲，我覺得被誇獎了，一夕之間紅了，從此我愛上了這種追求正義的感覺，不知不覺變成了社運明星，這種暴紅滋味真令人愉悅，原來，成為英雄是這種感覺。一個字，爽！」

德希達說著說著，非常訝異自己說的內容。

這根本完全跟自己的經驗相反啊！

自己第一次上街頭抗爭，是以學長姊的身分主動帶領一群懵懂的學弟妹，去抗爭某市長強行拆遷居民的房子去興建根本不被需要的文化創意園區。當天晚上鎮暴警察出來打人，大家的頭都被打破了，她一直對因此受傷的學弟妹很抱歉。隔天她頭破血流的照片上了新聞頭版，被媒體一面倒造神，挖出她的求學史、情史、家庭關係甚至是小學時期關於夢想的作文，最後還開始討論她的穿著品味與睡覺的姿勢，為此德希達非常惱怒，還認為是統治階層為了扭曲議題焦點而操作的娛樂性方向，讓民眾對她有興趣，而不是對議題有興趣。但既然自己意外成了焦點，德希達只好努力維持形象，保持最單純的單身，即使常常上街頭抗爭也不會遲交作業，必須缺課時也一定記得請假不會擅自蹺課，勉為其難追求高分畢業，就怕媒體鬥臭了自己，整個社運的形象也會瞬間枯萎。

但透過誠實麥克風說出來的話，怎麼會……怎麼會……

三百萬名群眾的表情也在德希達的沉默中，悄悄石化了。

迪諾的腦子也一片空白。

德希達慌了，她只能繼續解釋。

「我反對興建新的核能發電廠，只是因為反對核電很酷，很潮，很政治正確，什麼替代能源我根本就不相信啊！要我節能省電我才不要咧！我反對警察打人，但我超喜歡警察打人，因為只有警察打人我才可以從中得到自我實現的正義快感啊！我反權貴，是因為我當不成權貴！我主張住宅正義，是因為我根本買不起房子！財團免費送我一棟大房子我就會乖乖閉嘴了！我一直搞群眾運動，是因為我總有一天會出來參選！對！我要凝聚大家對我的支持！凝聚民氣！我要參選！請大家無限支持我參選議員！市長！總統！請多多支持！請多多支持！大家說——對不對！」

德希達感覺到強烈的暈眩。

她不懂，為什麼誠實麥克風會折射出與她心意完全相反的內容？

「我們被騙了！」

三百萬個憧憬著誠實火焰的民眾，在此一同時，化身成真正的暴民。

他們從四面八方衝向主講台，淹沒了兩眼空洞的德希達。

誠實麥克風的發明者，國父迪諾，雙腳懸空地夾在憤怒的三百萬人潮間。

崩毀的台上，德希達流下了紅色的眼淚。

迪諾呆呆地看著也許是這個世界上，最後一道，真正光明燦爛的誠實燈火。

那點滴燈火。

就在。

剛剛。

被自己。

親手。

吹熄。

了。

跑水

插圖◎楊鈺琦

1

清康熙五十八年。

燕霧大山山脈與濁水溪的交界處，一個聚攏上千人的村莊，名二八水。

朔風起，空氣中獨缺秋熟的稻香，但辛勤的汗味這些日子以來可沒少過。

抬頭望天，傍著山邊的雲色漸漸灰濁，好像快下雨了。

「肚子好餓。」阿明說。半刻鐘以前他就想說這句話了。

「如果再不送飯來，我就餓死了。」忠仔手上的動作越來越懶散，饑腸轆轆說：「等我餓死了，你們可要好好拜我，別讓我變成孤魂野鬼，我再變成土地公保佑你們。」

「不要亂說話。」阿明專注在手上的工作。

「對了，等我變成土地公以後，你們可要常常拿好東西來拜我，等我吃過了你們才能吃，不過上面全是我的口水，哈哈。」忠仔繼續口無遮攔。

「如果這圳再造失敗，水引不過來，稻子發不出來，到時候大家全走光，也沒什麼人有工夫拜你這個土地公了。到時候，你連當神也會餓死。」阿明頭也不抬，一邊吐槽，一邊將手上的桂竹折彎。

「不是吧？」忠仔不服氣：「你們認真拜的話，我當然就有法力保佑你們把圳蓋好啦！」

「土地公再大，也沒有河神大吧？」阿明瞥向路邊的小土地公廟。這種小土地公廟在村子裡隨處可見，這條惡水還是照樣跟人處不來。忠仔嘖嘖，不再抬槓。

幾十個人坐在圳邊，做著跟忠仔與阿明一模一樣的事。眾人的腳下都是大小均勻的石塊，手裡用木條與桂竹編製筍狀的尖籠。竹刺扎手，卻扎不進厚厚的手繭，只留下灼熱的紅痕。

尖籠一編好，就給同樣在幹活的大夥兒安放在圳道兩側，一齊將石塊慢慢填進去，再紮實捆綁好。

這名為「籠仔篙」的竹籠，來歷可不簡單。

每逢夏季豐水期，濁水溪河水暴漲，河水流向經常一夕改道，奪走無數身家性命，反之秋季時雨量稀少，河水孱弱，無法正常提供農民灌溉。

為此，建築圳道、用人工的方式變更水流，是墾民為了活下去一定要做的工程。然而變幻莫測的濁水溪難以對付，不知沖垮了多少圳道工程，試了好幾次都沒辦法成功。

一年又一年過去，圳工正陷入一籌莫展的時候，地方上來了一個不願以真名示人、只稱自己為「林先生」的神秘老人。

這個老先生……

「喂！吃不吃飯啊！」

阿明跟忠仔同時回頭，露出笑容。

一個燦爛，一個更燦爛。

小秋拎著沉甸甸的竹籃，笑嘻嘻拿出兩個大肉包子，朝兩人身上扔去。

早已餓腸轆轆的忠仔與阿明接住，猛地就往嘴裡塞，看得小秋噗嗤笑了出來。

「我說小秋，怎麼今天特別晚啊？」忠仔一邊嚼著，一邊含糊抱怨：「……不僅晚，包子還是冷的，唉，真教人失望。」

阿明沒有說話，只是邊吃邊笑。

他的眼睛一直沒有離開小秋的笑容。

「還嫌啊？可以不要吃啊！」小秋瞪眼，作勢要拿走忠仔嘴裡的半個肉包。

「嘿，當然要吃！還要多吃幾個咧！」忠仔避開小秋的手，在竹籃裡快速撈了兩個大肉包就跑。

「你都吃完了，阿明要吃什麼！一個人兩個包子，你別多拿！」小秋一陣打。

「可以啊！只要妳追上我，我就把阿明的包子還給他！」忠仔邊跑邊吃。

阿明還是沒有說話，像個旁觀者吃吃地笑。

忠仔沿著圳岸飛奔，嘴裡一個，手裡一個包子，不時回頭嘲笑小秋。忠仔常常故意讓小秋追上，等到小秋幾乎就要抓住他再忽然加快腳步，遠近遠近，讓小秋捨不得放棄。

「還阿明！」
「哈哈！追不到！」
追？
阿明比誰都清楚忠仔的腳力。
除了雲豹，誰也別想追上能在平地刮起一陣疾風的忠仔。
「阿明！你的包子快被吃掉了還不幫我！」小秋氣急敗壞。
「喔，就讓他吃罷。」阿明不以為意。
事實上，像這樣的包子他想吃多少就能吃多少。
如果不想編竹籠，阿明也可以隨時回到大宅子當他大少爺，讀那滿桌四書五經。只是阿明很喜歡跟大夥兒攪和在一塊，不管是一起流汗還是一起曬太陽抱怨，感覺都踏實多了。
而且，這裡還有……
「阿明！」
遠遠的，小秋的聲音有了怒氣：「我不管，你自己追你的包子去！」
阿明吐舌起身，慢條斯理捲起褲管。
腳才輕輕一踏地，忠仔便往這裡看了過來，眼睛瞇成一線。

喔。

對了。

除了雲豹跟忠仔，還有一個人能用雙腳追逐飛鷹的影子。

若說，忠仔是草原上呼嘯的疾風。

那麼，阿明就是橫向奔馳的閃電。

呼轟！

遠處山谷響起一聲悶雷，劈開了焦炭般的烏雲。

阿明在雷聲中竄出，每一踏步都像榔頭狠狠砸在地面上，以極震撼的跳躍力割開路線，那力道彷彿會傷害大地似的銳利。

一眨眼，就來到忠仔的背後。

「這才是對手嘛！」忠仔鼓起嘴，眼睛瞪大。

好像有股狂風從背後吹襲著，脹滿了忠仔的身帆。

忠仔邁開大步，一點。

又一點。

隔了很久才又一點。

忠仔以絕佳的平衡感脫離地平線，每一步都像跳遠，一跳又比一跳遠，細瘦的身子停在半空中的時間遠比落地要久。若沒有仔細看，幾乎會相信忠仔可以貼地飛行。而忠仔誇張的表情像是表演的一部分，一點也不費力。

此時，什麼包子饅頭的不再是重點。

只有一道閃電，一道風。

被遠遠拋在後頭的小秋愣愣看著他們倆，眼角有點羨慕。

從小一塊長大的三人，在三年前還是小秋跑得最快呢，兩個男孩眼巴巴看著兩條辮子在眼前晃啊晃的就是追不到，一個氣呼呼漲紅了臉，另一個總是吆喝著給我記住。

曾幾何時旁邊這兩個男孩的腿壯了，身子抽長了，跑得可快。

真快。

草屑紛飛。

「嘿嘿，今天還是不分上下嗎？」忠仔竟還有餘力說話。

「你有這種想法，我就贏定啦。」阿明淡淡說道，但仍無法縮短一步。
「呸，我還沒使出全力呢！」忠仔的手指掐進了肉包子裡。
「原來如此。」阿明淡淡地挖苦。
於是兩人又更快了。
快到連話都懶得說。
忠仔赤著腳，抓著大包子，一陣又一陣的風輕輕從腳趾尖上吹捲而過，那種隨風吹躍的姿態有種生長在山林間的野性美。
阿明清秀的讀書人臉龐，與他堅定果敢的步伐完全不搭嘎，每一步都有自己的意志，雙腳像兩根實心鐵管，喧囂地狂毆地面。
忠仔總是先一步起跑，跑在阿明前面。
兩人腳力相當，爆發力相當，耐力也如出一轍，所以阿明自始至終沒有超越過忠仔。
但阿明不以為意。
他很喜歡看著忠仔快跑的背影。
起腳時自然擺動的韻律，兩腿間在半空中乍合又分的距離，沾著泥土的腳尖微微向後踢。那種輕鬆的模樣他可模仿不來。
相對於阿明的羨慕，忠仔可就膽戰心驚了。
阿明的跑步聲有如一道又一道的落雷打在自己身後，一不留神給追上了，就會慘遭雷殛似的。

那種緊張感集中了忠仔所有的思緒，讓他全神貫注，將姿勢裡的每一寸幅動微微調整，使一切更適合貼地飛躍。

阿明那落雷般的踩踏大地聲，與忠仔奔躍的節奏感緊緊繫絆著。

雷落，雷落——腳點。

飛。

雷落，雷落——腳點。

飛。

儘管每天都會來上這麼一、兩次，幾個坐在圳上啃飯糰的大叔還是看得呆了。

「這兩個孩子，跑得可真快啊。」

「……何止快？」

「簡直快得不可思議！我看連馬都沒有他們快！」

「會不會是孫悟空投胎轉世來的？」

「一個是孫悟空投胎，另一個豈不是二郎神？」

「二郎神怎麼跟孫悟空處得來？我瞧其中一個是筋斗雲投胎。」

「筋斗雲也會投胎啊？少胡說八道了哈哈哈哈。」
村民大叔們亂七八糟地討論，不時發出大笑，直到有人說：「過不久，村子的希望就著落在他們身上啦。」大家才漸漸靜了下來。
最後一句話恐怕有點言不由衷。
每個人都知道，阿明這個大戶人家的孩子，平時跟大家一起編尖竹籠不過是孩子心性，不想讀書好玩罷了，怎麼可能擔綱那種危險任務？
說到底，還是得靠忠仔。
老天爺給了忠仔一雙充滿生命力的好腳，一定不只是跑著玩而已。
此時又是震天價響的雷聲，眾人抬起頭，只見黑壓厚重的烏雲再承受不住雷擊，瞬間給撕開破碎，落下滂沱大雨。
轟隆隆隆隆……
坐在圳邊的村民紛紛跑到林邊的小廟躲雨，享受山風穿過雨縫捎來的涼意。
可忠仔與阿明還在跑著，意猶未盡，踏雨而疾。
「嘿！」忠仔甩著頭，讓雨水從髮末潑出。
「嘿嘿！」阿明左手撥掉臉上的雨水。
雨水淋洩大地，腳下變得濕濕滑滑，卻無阻他們的競速，腳下撩起的雨水益發顯得他們的快樂。雖只是午後的西北雨，但這兩人不知道要追到什麼時候才停止。

這答案只有小秋才知道。

「不好好吃包子，我要走啦！」小秋在雨中大叫。

！

兩人不約而同停下腳步。

一點也不需要緩衝，阿明跟忠仔就這麼突然停止下來，腳下激起一陣掌聲似的泥水花兒。

跑步對他們來說實在太稀鬆平常，要跑便跑，說停就停，好像剛剛那一陣眩目的勁跑只是在田埂上散步。

小秋強掩著嘴角浮上的笑意……

這兩個童年玩伴，跑得再快，都不會拋下她。

2

十年了，八堡圳的工程已接近尾聲。

這圳非同小可，光主幹就綿延了三十三公里，一旦取引濁水溪中游成功，十幾條支線將灌溉整個半線地區，無數荒煙蔓草之地將滋潤成一畝一畝良田。

與其說工程之浩大讓人讚嘆，不如說工程的成功迫在眉睫……失敗太多次，要不溪水遲遲不來、秧苗枯槁；要不就是水勢強襲、一下子沖垮了圳防，釀成更大的水患。

再無法控制水，就不能發展漢人最擅長的農業。沒有農業，別談安居樂業，自給自足都有問題。

所有墾民，都需要一場大勝利。

——一場足以讓所有人都能勇敢活下去的大勝利。

大雨不肯停，圳邊的土地公廟簷下擠滿了人。

幾個到溪邊幫忙挑石的小孩子圍著筋疲力盡的大人們瞎扯，阿明跟忠仔的年紀正值十七，是全村孩子們的頭頭。兩人赤著上身坐在地上，小秋則為大家添茶水。

雨水如鼓，敲得廟頂嗚隆嗚隆響沒完。

這些村民不管怎麼天南地北，話題終究扯不離八堡圳的成敗。

忠仔摸著又痠又痛的肩膀：「我實在不明白，為什麼這麼多村造了這麼多圳，老沒辦法成功？」

阿明也不以為然：「我也不懂，不就是挖路給水走，怎麼會一直失敗？」

「挖路給水走，水就不得不走嗎？哪裡來這麼便宜的事！」其中一個大人嗤之以鼻，幾個工人哈哈大笑，卻見孩子們還是一臉霧煞煞。

見識較豐的工頭說：「造圳引水是一門偉大的建築技術，也是風水的至高境界，看要是山窮水盡？還是能風生水起？一點也馬虎不得。我們幹粗活的人不懂，就照著懂的人做就是！」

大家點頭稱是。

「不過這次的工法不同以往，依我看，成的機會很大。」打鐵張揉著腿。

「林先生的籠仔篙工法是有道理得多，但跑引水的人要是不濟，我看也是凶多吉少。你們聽說了上仁村跑水的事嗎？」剛跑貨回來的誠仔摳著腳。

大人們面面相覷，孩子們則興致高昂地圍了過來。

兩個月前，上仁村造的引水圳號稱完工，舉行了盛大的跑水祭。

號稱「麒麟腿」的張毛子身穿蓑衣、頭綁紅巾，威風凜凜地站在距離閘口準備開衝。

八百村民搖旗吶喊為他打氣，熱烈非常，還有人嚷著要把寶貝女兒嫁給凱旋歸來的張毛子。

時辰一到，村長點著了鞭炮尾巴，先讓張毛子跑上一陣，等到第一串鞭炮盡了，圳閘口在第二串震耳欲聾的鞭炮聲中慢慢打開。

據說大水像一隻八首八爪的惡獸追湧而出，嚇白了村民的表情。什麼麒麟腿？張毛子甚至跑不過兩百尺就被大水追上，整個人被吞進夾帶滾石與汙泥的怒水裡，連慘叫都省下來了。

跑水失敗，大水怎麼服得了小小的圳？那辛苦大半年築成的引水圳沒兩天就給沖得支離破碎，還順手將十幾頃半墾的田沖向大海。

半個月後，終於有人在出海口發現張毛子泡爛浮腫的屍，臉上充滿恐懼。

「既然那麼危險，為什麼還要跑水呢？」小秋想像張毛子那張臉，不禁有點兒害怕。

「跑水就是跑引水，圳落成啟用之前，我們村裡人會湊上一大筆錢，懇請村子裡最快的飛毛腿在圳道裡穿蓑衣、綁紅巾快跑，在前面為出閘的河水引路。只要那人能從圳頭跑到圳末的岔口，在後頭猛追的河水就識得了以後該走的路……」工頭頓了頓，為自己倒了一大杯茶說：「如此如此，這般這般，原本一鼓作氣出海的河水就願意分點支流給我們灌溉，不會跟我們計較了。」

阿明看著從屋簷摔下的雨水瀑布，不發一語。

忠仔深深吸了口氣，打了個冷顫：「記不記得以前張毛子跟我們比賽過……」

阿明閉上眼睛。

……怎麼不記得？張毛子將我們兩人甩得遠遠的，還在山的那頭放聲大笑。

不過當時離現在大概也有個兩年、還是兩年半了吧？

現在再比一次，說不定……

忠仔猛地坐了起來。

「阿叔，你剛剛說大家合湊了一大筆錢給張毛子，那筆錢有多大啊？」忠仔看著沾了泥土的腳趾，又看了看阿明丟在角落的鞋子。

「不是金山銀山，但夠讓你成家的啦！」不知是誰說，引起一陣大笑。

忠仔家裡窮得很，就因為窮到沒什麼好留念的，乾脆舉家渡海來台開墾，看能否闖出一片天。但忠仔的爸爸在前年底染了急肺病，三天都捱不過，後來媽媽也累垮，沒等忠仔長大成人便撒手人寰。

這一年來，忠仔就在村子裡造圳、幫忙農事維生，可說十分辛苦。

「報酬多有什麼用？那是買命錢！沒命花的啊！」打鐵張忍不住咕噥：「跑引水……這

種祭典十有九死，說是要獻祭壯丁給河神果腹還差不多！就怕河神吞了人還不滿足，還一口氣毀了圳，我說這真正是——」

工頭打斷打鐵張的話，瞪了一眼：「喂，飯可以亂吃，話不可以亂講！」語畢，朝地上重重吐了口口水。

「呿！」嘴巴闖禍的打鐵張也識趣地啐了口痰。

這些話要嚇壞了忠仔，還有誰可以代表全村跑引水？

更嚴重的，若給神通廣大的河神聽了，大水一發，大家還有命在嗎？

「祭神嗎？」阿明嘆氣。

「這麼大一筆錢嗎？」忠仔嘆氣。

雨說停就停。

捲起袖子，又得幹活了。

3

非得再看大地一眼似的，陽光在最後一刻射穿瘦薄了的雲，燙紅了下邊天。

落過雨後又出了太陽的天空，有點藍，有點黃，邊邊又滾了點火，幾顆等不及夜晚的星星提早掛在天幕邊陲，為倦鳥指引了方向。

阿明跟忠仔踩著黃昏柔軟的餘燼，走在小秋後頭，少了平常的說說笑笑。

小秋突然轉頭：「幹嘛走那麼慢，平常不是跑得都快飛起來了嗎？」

兩人愣了一下，但還是默不作聲。

「你們是不是在想張毛子的事？」小秋停下腳步。

阿明跟忠仔彼此對看一眼，都露出了難以形容的苦笑。

小秋很認真地說：「你們才多大？命很硬嗎？這種責任不需要扛在自己肩上，誰也不准去動跑水的腦筋，知不知道？」像個大姊姊。

阿明雖然不喜歡強調這點，但還是忍不住說：「村子裡，根本沒有人跑得比我跟忠仔還快。」

忠仔立刻接口：「豈止啊，他們連我們甩起來的土都吃不到，差得遠。」

小秋看著這兩個從小一起長大的同伴，深深地說：「張毛子跟你們比賽腳力的那天，我也在場啊，記得你們就是拚了命也吃不到他跑起來的土，你們啊，都是父母生的孩子……」

忠仔跟阿明的臉上飽脹了不服氣。

其實小秋也清楚，這兩年來阿明跟忠仔跑得是越來越快了，即使張毛子復生再賽一場，絕不是這一道風、一道閃電的對手。

但那又如何？

不須親眼所見，單單想像大水吞掉跑水人那光景，就讓人渾身發冷。小秋絕不想見到這兩個玩伴中的任何一個，臉色蒼白蹲在水閘前的起跑線上，像一隻明知毒蛇盤據在後、卻只能渾身發抖的老鼠。

沉默無語，阿明踢著石頭，石子滾到了忠仔的腳邊。

「……」忠仔將石子踢了回去，阿明又踢了過來。

田埂上，兩人胡亂踢著，石子滾得越來越快，兩人也踢得越來越快。

終究是孩子心性，莫名其妙的胸悶就這樣踢著踢著、漸漸踢到煙消雲散。

小秋噗嗤笑了出來，上前將石頭一腳踢飛。

忠仔突然冒出一句：「小秋，我聽大嘴嬸說，前幾天隔壁村那個錢多得花不完的阿冠到妳家提親了啊？怎麼，妳要嫁了嗎？」

這樣大剌剌地問，絲毫不管小秋終究是個女孩子。

小秋伸手就往忠仔的大腿擰了一把：「要你管！」

阿明倒是愣了一下。

阿冠？那個比自己高出半個頭的阿冠嗎？以前一塊讀過書的。

他也喜歡小秋嗎？怎麼從來都沒聽他說過啊？況且，即使是在鄰村，但阿冠怎麼可能不知道小秋從小就是跟自己和忠仔最要好的麼，他幹什麼這麼……這麼……

「哎呀，我說那個阿冠是挺不錯的啦，但是比起我跟阿明，就是差了那麼一點點。」忠仔百無禁忌，不知是話中有話還是純粹笑鬧，哈哈說：「阿明家恐怕比阿冠家還要再有錢一點，加上我，我跑步可是天下第一快，當然也比阿冠快多啦！」

「什麼天下第一？我就比你快。」阿明第一時間反擊，不敢看小秋那紅透的臉。

「你家已經那麼有錢了，腳上功夫就讓我贏你一點點也沒關係吧，不然我豈不是輸你太多。」忠仔扠腰皺眉，左腳已抬起，用腳趾將右邊褲管往上撩。

「家裡有錢又不是我有本事，腳下的功夫才真正屬於我。」阿明一本正經，也彎下腰捲褲管：「比我快？等我腳抽筋那天吧。」

看來在日落之前，又有一場追風之鬥了。

小秋感到又好氣又好笑，在她跑得比這兩個大男孩還要快的那段時光，這兩人可沒在爭誰跑得比較快，不過是一齊在她後面吆喝咒罵。

真的是什麼東西得意了，就非得整天拿出來說嘴不可。

「要不然，我們看誰先跑到鬍鬚彰他家前面那口井，誰就可以把小秋娶回家，怎麼樣！」忠仔吹吹手，蓄勢待發。

「好啊。」阿明紅著耳根，硬是答上這句。

小秋攔在兩人前面，大叫：「整天跑跑跑……跑不煩啊！誰又說要嫁給你們的啊！我就要嫁給那個阿冠，那個跑、得、很、慢、的、阿、冠！」

突然，忠仔跟阿明都呆住了。
不知怎地，三人同時爆出一陣捧腹大笑。
笑停了，太陽落得更沉。
三道影子在陽光下活潑嬉鬧，越拉越長。

4

阿明回到家，三合院門口已有長工在等。
一見到阿明，長工就慌慌張張領著他去洗臉，不停告誡他以後不要再錯過大家一起吃飯的時間，隨後從廚房端了碗飯菜給他。
阿明唯唯諾諾接了，還是熱的，一股香氣從他的鼻子鑽了進去，搔動他早就餓過頭的胃。不等端回房裡，阿明一屁股坐在廚房門口就狼吞虎嚥起來。
阿明的家族是做茶葉買賣的，阿爸跟五個叔伯經常雇船往返台灣跟大陸，利潤很是不錯，自然是要供幾個聰明的孩子負責念書當官。幸好族裡出了兩個很會念書的秀才堂哥，其中還有一個相當有機會考上舉人，阿明才沒有被整天押進私塾背書，偶爾偷偷溜出去跟忠仔鬼混也不會挨大人的揍。

身為地方仕紳的子弟，阿明並不以自己的身分為傲，總是捲起袖子跟大家一起幹活造圳。他深知，若這次八堡圳的引水再失敗，將重挫大家的信心，屆時不分貧富老少都待不下去。

沒有人，茶葉再多也只能倒在河裡。

只有地方興隆，生意才能長長久久，這個道理阿明的阿爸比誰都懂。阿明的阿爸忙著做生意，平時疏於管教阿明的課業，但既然村人都很稱許他這個孩子，阿明的阿爸也頗感欣慰，對課業便睜一隻眼閉一隻眼。

一下子，阿明就將一碗飯扒得精光，擦去嘴角的醬油漬。

夜裡，一根蠟燭平靜地燒煮著光。

燭光拉開了兩條影子。

阿明趴在桌上，意興闌珊地看著書。

阿母慢慢縫著阿明的衣服。每次阿母有話要說，就會像現在一樣，一針一線，醞釀著開口的時機。

與其說阿明在念書，不如說，阿明慵懶地等待阿母想跟他說什麼。

蠟燭燒到一半，阿明的眼睛也快瞇成一條線。

阿母開口：「聽說鄰村那個家裡賣布的阿冠派人向小秋提親，你知不知道？」

「我沒興趣知道啦。」阿明一整個醒，卻還是趴著。

「據說媒人牽了一隻大豬公、帶了好幾匹上好的布，給足了小秋阿爸面子。不過小秋好像還沒答應，是不是嫌對方的聘禮不夠啊？」阿母沒有停止手中的針線。

「阿母，小秋才不是那種女孩。」阿明正色道：「她阿爸也不會沒問過她，就把她拿去換一頭豬。」

「阿母就知道你喜歡小秋。」一眼就看穿了阿明的心思，阿母莞爾說：「阿母從小看著小秋跟你玩在一塊，一起長大，也覺得小秋這個女孩子很不錯。」

「……」阿明勉力撐起下巴，假裝心思還在書上。

心裡，卻噗通噗通地撞著。

「如果你也覺得小秋好，這樣吧，趁小秋阿爸還沒答應婚事，阿母作主，不用等你阿爸回來了，明天一早就派春花嬸去跟小秋阿爸提親，反正你也到了該成家的年紀，早點——」

「阿母啊。」阿明頗不耐煩。

「阿母是說真的，這種事早點來，晚點來，都是會來。現在……」阿母還沒說完，就聞到一股燒焦的味道。

只見火光大盛，阿明大叫一聲。

原來是心不在焉的阿明將書越放越偏，書角傻傻竟讓燭火碰著，一下子就冒出火來，嚇得阿明將著火的《論語》重重摔在地上踏熄。

阿母怔了一下，錯過了尖叫的部分，直接掩嘴笑了出來。

「你好好想一想，想太久了，阿秋跟人跑了可別怨阿母。」

阿母將縫好的衣服放在床上，推開房門，留下驚魂未定的阿明。

……跟一本燒焦的《論語》。

5

阿明坐在院子口，看著皎潔的月亮胡思亂想。

蛙鳴蟬叫之震耳欲聾，到了讓人暈眩的程度。

阿母那些話擾亂了阿明的心思。

他喜歡小秋，一點不錯。

他一直覺得這是很自然的事，除了小秋以外他也沒想過可以喜歡別人那樣的事。一起長大，一起跑步，一起認識……忠仔。

是了，這就是關鍵所在。
他知道忠仔也喜歡小秋。其實忠仔除了喜歡小秋，還可以喜歡哪個小姑娘？
若不是忠仔，他對提親這件事根本不會有絲毫猶疑。
男子漢大丈夫，沒什麼好害羞，自己也有信心給小秋幸福。
但同樣的，若不是有自己，忠仔跟小秋早就在一起了吧？
自己跟小秋私下是很有話講，但小秋跟忠仔整天打打鬧鬧卻更無隔閡。
潛意識裡，忠仔跟自己什麼事都用跑步來決勝負，雖然都是一些芝麻蒜皮的事，兩人卻很認真。
起先互有勝負，例如誰先跑到哪棵樹、哪口井、哪個小山頭。
但後來卻無論如何都分不出高下。
即使是老鷹銳利的眼睛，也沒法瞧出是誰的腳趾尖先碰著了約定的終點線。
一直都是這樣的，不是嗎？
現在卻不怎麼公平。
自己家裡有錢，年紀到了想成家就成家，但家徒四壁的忠仔可就不行了，不管是娶小秋還是娶一頭豬，都得先擁有一點像樣的……像樣的家當吧？
遲早，兩人之間一定會有一個人娶小秋當老婆，另一個人也絕對不會有怨懟。即使是用跑步的老方法來決勝也很好——也許，還是最好。但若自己趁著忠仔沒有籌碼跟自己競爭的當下向小秋提親，一定會傷害一無所有的忠仔。

他媽的，那個阿冠腦子是裝屎啊！沒事跑來攪和個什麼勁？在這種節骨眼上跑了出來提親，不是要逼自己也跟著提親嗎？到時候大豬公牽來又牽走只是丟了你們家天大的面子，不要後悔。

決定了。

阿明起身，輕鬆翻上了比他高兩個頭的圍牆，蹲在上頭。

……不過，只是該去小秋家，還是該去忠仔家啊？

拿出銅錢輕輕往上一拋，接住。

深深吸了一口氣，打開。

嗯。

阿明躍下。

6

緊緊握住唯一一枚銅錢，忠仔無法成眠。

看著靠在牆邊生鏽的鋤頭，它的靜默，更顯得此刻的孤獨。

靠北，怎麼辦？

阿冠那王八蛋向小秋提親了，據說聘禮還是一頭大豬公。除了手中的一枚銅錢，自己所有的家當就只這隻夯不啷噹的鋤頭，難道真要拿著鋤頭當聘禮嗎？

好想拜託阿明搶先一步向小秋提親，逼退一下阿冠那白目，然後……

然後再說。

不過阿明也很喜歡小秋吧？

那小子生來什麼東西都有了，也就什麼也不在意，偏偏就是對小秋死心塌地……說不定現在他跟自己同樣坐立難安，不知道怎麼跟他阿母開口向小秋攔路提親吧。

要不然，就是準備摸黑去痛扁睡到露肚皮的阿冠。

唉。

阿明是個好朋友，最重要的好朋友，獨一無二的好對手。

也是個很好的人。

小秋如果跟阿明在一起，一定會很幸福吧？不愁吃穿，相夫教子。反觀自己，什麼也沒有，所謂「沒有什麼可以失去的」這句話，簡直就是為自己發明出來的。一想到這裡，忠仔不禁有些洩氣。

不過，如果小秋喜歡的人只有自己的話，那就不一樣了。

在黑暗中熱切注視僅有的燭火，往往會變成巨大的火炬。

下午聽到跑水可以得到的豐厚報酬，在忠仔心中燃起了一線希望。

如果跑水真的那麼危險，報酬豐厚到可以成家，應該不是騙人的吧？

就算不夠多到可以勝過阿冠那頭大豬公，好歹也能成為家喻戶曉的英雄。屆時以全村英雄的姿態向小秋的阿爸提親，希望應該很濃厚才對！

想到這裡，忠仔不禁想振臂狂呼。

不過話說回來，離八堡圳完工還得兩個多月，說不定工程一延宕，三個月也跑不掉。除了小秋阿爸嚴詞拒絕，哪有什麼藉口拖延阿冠的提親到兩個月、三個月？

現在，阿明在想什麼呢？

小秋的心意又是什麼呢？

視線停在緊握的拳頭上，決定了。

「不過，應該去敲阿明的門，還是直闖小秋家呢？」

忠仔翻身而起，就著月光張開拳，朝上丟出發熱的銅錢。

啪。

掌一揭，忠仔的腳立即落地。

下一刻已飛出。

7

睡不著，已連續兩個晚上了。

小秋嘆口氣，小心翼翼起身，幫三個睡得歪七扭八的弟弟蓋好踢到角落的棉被，這才躡手躡腳地走出門。

在淡淡的月光下緩步，小秋的眼睛濕潤潤的。

風一吹，一顆珍珠從眼角飄落。

人家都說生女兒是賠錢貨，遲早都是要送給人家當媳婦的。阿爸對自己很好很好，並沒有滿口稱謝當場收下阿冠家人送來的大禮，而是要自己好好考慮。

但阿爸眼中那股期待是騙不了人的。

不是眼熱那頭肥得快走不動的豬，而是希望她嫁入好人家，不必辛苦過日。

但小秋從沒想過，人生可以輕輕鬆鬆地過。

事實上，她也想像不出人生該怎麼輕輕鬆鬆地過。

辛勞勤勉，汗濕了又乾、乾了又濕的日子其實才是真正幸福快活不是嗎？

一個女孩，這輩子只要遇到一個疼惜她的男孩就足夠了。

然後為他生下孩子，越多越好，家裡整天吵鬧個不停，怎麼都忙不過來……

想到這裡，小秋的小臉已爬滿淚水，喉頭哽塞。

因為她想像中的幸福畫面，同時出現了兩個男孩的模樣。

兩個，她都同樣喜歡。

忠仔天真活潑，雖然窮困卻不減他的樂觀自信，跟他在一起最從容自在。

阿明出身富貴人家，眉宇間卻有一股純真的精悍，給她很溫柔的安全感。

兩個，她都沒有辦法不喜歡。

只不過這兩個男孩都沒有向她表白過，更不要說派人來家裡提親了。

不想讓阿爸失望，卻又不可能向兩個男孩暗示快點阻止這場讓她痛苦的婚事。

真的好難，眼淚真的止不住。從沒真正想過要從這兩個男孩中挑一個當夫婿，天真地以為三個人在曠野中自由奔跑的日子會永遠繼續下去……

小秋跪在路邊的土地公廟，雙掌合十，淚流不止：「土地公爺爺，我該怎麼辦？我該怎麼跟阿爸說，我真的不想嫁給那個阿冠，真的不想嫁給那個阿冠。我喜歡的是阿明跟忠仔，他們倆對我都很好，可是他們都不肯過來救我……沒有一個肯過來救我……」

這些哭訴，抖落了一片樹葉。

就在土地公廟後的高大老茄冬樹上，阿明感動莫名地聽著。

他奔著、躍著、跳著、幾乎飛著來到小秋家，遠遠便看見心愛的女孩走出門，一邊走一邊哭，震驚之餘只好靜悄悄跟著。

當小秋跪在地上，阿明便一溜上樹，不敢作聲。

「土地公爺爺，請您幫小女子作主。」

小秋哭得全身顫抖，祈求道：「不管是阿明還是忠仔，誰先來找我，逼我……逼我嫁給他，我就……我就嫁給他好了。」

阿明心念一動，幾乎就要跳下樹。

卻聽得遠處有一陣風吹來，那風吹起更多的風，捲起更多的風。

再熟悉不過的速度，阿明眼睛發直，嘴角卻隱隱上揚。

明明知道是忠仔，阿明的腳卻像是給樹枝銬住了，無法動彈。
土地公廟，一陣風忽地停在滿臉淚水的小秋面前，沾滿塵土的黑腳丫。
忠仔停住的姿勢不若平常，慌慌張張，簡直快要跌倒。
「……」小秋完全獃住，心口緊緊繃著。
「……」忠仔什麼話也沒說，就只是站在小秋面前，一喘一喘的。
跟阿明飛衝到天涯海角，忠仔都沒有這麼喘過。

要怎麼開口？
我沒有地……不過很快就會有了，真的，只要我認真開墾。
我沒有錢，不過很快就會有了，貨真價實，只要我跑贏了水！

忠仔的腦袋一下子鑼鼓喧囂，一會兒寂靜無聲。
腳在抖，心在撞。
淚水不再，小秋安安靜靜地看著失魂落魄的忠仔。
「小秋，我……我想娶妳。」忠仔開了口，聲音像是直接從胸口迸出來。
小秋的眼淚又掉了下來，隨即嚎啕大哭。
阿明在樹上，安安靜靜地看著這一幕。

沒有流下一滴眼淚，他真心真意為忠仔與小秋開心。
這就是命運。
這個世界上，沒有任何東西比相遇的命運更加甜美。
更加讓人感動。

8

就這樣，小秋鼓起勇氣向阿爸說，她一點兒也不想嫁給阿冠，將天上掉下來的好親事給推掉。小秋的阿爸雖然難掩失望，但不想誤了女兒一生幸福，用幾乎快跪下來的卑微姿態將呆掉的媒人給送出門。
這一送，在鄰村造成了大轟動。
趾高氣揚的阿冠不信邪，親自走了小秋家一趟，手裡還牽著比上次那隻大肥豬更大更肥的超級大肥豬。許多二八水村人聽了風聲都放下手邊工作，跑到小秋家看熱鬧去。
「阿伯，你是在說笑吧？我娶小秋是娶正門的，不是娶來當細姨的。」阿冠劈頭就是這麼一句。

「這我知道，可是……」小秋阿爸好聲好氣。

「那頭豬只是前聘，後面還有更多頭豬！」阿冠粗紅著脖子強調：「更、多、頭、豬！」

「阿冠啊，這不是豬的問題，而是……」小秋阿爸說得臉都僵了。

越是窘迫，阿冠就越是裝腔作勢，氣氛也就越糟糕。

大肥豬早就支撐不了，滿身大汗趴在地上裝睡。

旁觀的村人不想惹事，強忍著滿肚子笑意，但發狂的阿冠終究看到了阿明與忠仔得意洋洋向他扮鬼臉，羞憤交加。

「你們幹什麼笑？」阿冠惱火。

「笑不行啊？」阿明瞪回去。

「我就笑一個人家不肯嫁、卻硬是想娶人家的笨蛋！」忠仔笑得可燦爛。

「臭小子我找人打你！」阿冠捲起袖子，幾個家丁只好跟著抬起下巴。

阿明跟忠仔嗤之以鼻，這種自己不打找人上的挑釁，拿來塞屁眼正好。

「最好找多一點人把我們圍起來再打，我很怕你就算騎馬也追不上我們啊。」忠仔大聲嗆了回去，終於惹得旁觀的鄉民們哈哈大笑。

強龍不壓地頭蛇，阿冠怒氣難發，亂七八糟摔了幾條自己帶來的上好布料，轉身就走，還邊走邊踢那頭無辜的大肥豬，咒罵著沒人聽懂的話。

家丁面面相覷，面紅耳赤撿起了摔在地上的布料，跟在後頭閃了。

說到底小秋家拒絕阿冠的提親，村人一點也不感奇怪。

本來嘛，小秋就是阿明跟忠仔的，這兩個小鬼遲早得分出高下。

如果他們不急，誰也別忙敲鑼打鼓。

秘密像是細心捧護的小嫩芽，忠仔每天晚上都跑去小秋家找她談天，而白天，卻像夜裡什麼事也沒發生似的，三個人像以前一樣嘻嘻哈哈，挑石，編尖竹籠，吃飯，跑步，聊天，胡鬧。

做什麼都很開心，甚至比以前還要開心得多。

阿明不覺得被冷落，反而慶幸忠仔與小秋沒有因為感情加溫，而忽略了他的感受。只是偶爾會呆呆地看著天空，不曉得自己的命運究竟會跟哪個女孩碰在一起？

「那女孩在哪啊？真的有那樣的女孩嗎？」

阿明看那浮雲看得都痴了，喃喃自語：「小秋笑起來的時候，左邊的酒渦比右邊要深些，那個女孩也是嗎？」

天空沒有準備好答案告訴他，只是偶爾下場讓人措手不及的大雷雨。

就在阿冠走後的第七天起，八堡圳的工程出現重大的變化。

許多曾經跟濁水溪對抗失敗的村落墾民，慢慢聚集到二八水這個小村莊。

「我們也想幫忙，請讓我們加入你們。」一流離失所的墾民扛著鋤頭。大家又驚又喜。

起初前來投靠的墾民只數十人，幾天後不知不覺已有五百多人之譜。後又有大批集體遷村的人聚攏過來，半個月內村裡的人口已增了一倍。有錢人家裡的院子全讓出來給這些新墾民暫睡，廟口也擠滿了人，臨時搭建的工寮一間挨著一間，什麼都熱鬧起來。

這些新加入的生力軍多的是身強力壯的大男人，很快就讓最艱苦的挑石、鑿圳工作飛快進行下去，而編造裝藏石塊的籠仔篙的工作更分攤給老幼婆孺。

這一激勵不只是氣力上的增倍，還是精神上的催化。

沒有人喊苦，只求征服大水。

9

原本在兩、三個月內才能完成的八堡圳，在眾志成城下，一個月內就進入最後尾聲。大家原本避而不談的跑引水話題，也公開談論起來。

這天中午太陽太大，大到連白髮都快烤成了黑髮。送飯的小秋遲遲沒來，忠仔跟阿明無聊透頂，竟在圳上搖搖晃晃地倒立快走，不時用腳踢擊對方的身體。

今天他們比的是倒立，誰先失去平衡摔地誰就輸了。

「我覺得八堡圳挺堅固的，很難想像會被水沖垮。」阿明漲紅著臉，一踢。

「大家都說林先生是神仙來著，神仙教的引水法，本來就一定成。」忠仔頭昏腦脹閃過，血液逆流快要衝爆他的腦袋。

「神仙會吃飯嗎？上次林先生就盛了一大碗飯，坐在廟口跟大家吃飯啊。看招！」阿明的左腳與忠仔的右腳在半空中鬥了起來。

「也許只是吃給我們看的，神仙哪能隨隨便便就騰雲駕霧給我們看，那樣豈不是觸犯天條？我還看過林先生打噴嚏咧，一定是故意的。」忠仔嘿嘿嘿，快要失去平衡。

「也是，這次你說得有道理。」阿明迴身朝忠仔的屁股一踹，一腳將他踢倒。

他們口中的神仙，其實是一個揭榜而至的老先生。

就在八堡圳陷入引水不斷失敗的夢魘中，無奈的村民在各處貼出了佈告，徵求懂得治水工法的能人賢士出面指導。

不久後，一位兩鬢霜白、齒髮動搖的老先生帶著撕下的榜紙來到村莊，教導村民編製籠仔篙，然後將籠仔篙放置堵水處，尖端向外、內藏石塊，再將底部套蓋而成，攔阻水流的效果出奇的好，令眾人欽佩不已。

神秘的老先生推卻大家集資的賞金，更沒提起過自己的身分。

一被探問，就只是微笑。

要不，就是頗有深意指著身後的樹林不發一語，所以大家管他叫「林」先生。

有人說，林先生是神仙下凡。有人言之鑿鑿，林先生是前朝遺臣，想幫助墾民卻不想露了形跡，所以刻意隱姓埋名。

但不管林先生究竟是什麼身分，村人對他的感念可是千真萬確。

而就在忠仔被踢倒的瞬間，阿明也體力不支倒地，兩人頭昏眼花的視線同時停在圳邊一位正在嗑瓜子的老人上。

那老人，正是寄住在村長家裡的林先生。

兩人汗流浹背，坐在地上看著他。

「林先生，大家都說你是神仙，那你到底是不是神仙啊？」忠仔直截了當。

「神仙？我？」林先生輕撫白鬚，逗道：「或許真的是喔，哈哈。」

哎，哪有神仙自承是神仙的？阿明有些失望。

「如果你真的是神仙，幹嘛不吹口氣，幫我們把八堡圳造好啊？」忠仔不信。

「哈哈哈……可能我法力不夠喔。」林先生大笑，露出沾黏碎瓜子的牙齒。

兩個大孩子，就這麼跟德高望重的林先生瞎扯起來，毫無規矩，還逕自伸手抓起林先生放在地上的瓜子嗑。

「我說神仙先生啊，這個世界上真的有河神嗎？」忠仔啃起瓜子。

「這個世界上，真有土地公嗎？」林先生反問。

「應該有吧？大家每天都在拜，想來是有的。」忠仔想也沒想。

「如果有土地公，那麼，這世上有河神也就不奇怪了。」林先生笑笑。

兩個孩子不由自主點頭。

「那神仙先生，大家都在議論紛紛，說跑水的精神根本不是幫水引路，而是把活人獻祭給河神。」阿明瞇著眼：「這是真的嗎？」

「河神並不殘酷，而是好強。」林先生莞爾。

「好強？」忠仔。

「人們造圳，不等於將河神每天巡視的路線給改了？濁水溪是此島第一長河，水勢剽悍，責司此河的河神當然眼高於頂。想想，如果負責跑引水的人無法跟河神好好較量一番，一下子就輸得一敗塗地，教河神怎麼服氣？」

「可是，跑的人常常會死啊。」阿明不解。

林先生肅容，深深說道：「孩子啊，取引河水乃與神爭道，豈能不付出代價？與水競跑，豈不是與神競技？祭神？不如說是競神！」眼中有股難以言喻的威嚴。

祭神，競神！

——那就是與神競技的意思嗎？

兩個大男孩眼神綻放光芒，突然從恐懼中解放出來。

「跑贏了水，就是跑贏了神嗎！」忠仔摸著鼻子，站了起來。

「那可真是當仁不讓啊。」連阿明都蠢蠢欲動，一雙腳開始發熱。

這真是，太熱血的理由了。

10

八堡圳終於完工。

擁有最好的築圳工法，最肯吃苦的村民，最殷切的期待。

現在，只剩下一名腳力足以賽神的引水人。

二八水村舉行了遴選跑水的比賽，所有對腳力擁有旺盛自信的人都可以下去圳道衝跑，最快抵達終點的人，就是代表八堡圳的引水人。

為了豐厚的報酬，十幾個來自四面八方的奔跑高手或前或後，摩拳擦掌在圳道裡搶佔自己滿意的位置。但原先就住在二八水村的鄉民沒一個下場，因為他們已提前預知了冠軍。

「那兩個就是他們在說的，跑得比風還快的孩子嗎？」一個從遠方投靠來的漢子轉頭，狐疑地看著阿明與忠仔。

「瘦巴巴的，好像不怎麼樣啊？」另一個正在按摩小腿的莊稼漢冷冷道。

越聽到這些話，躲在最後面的忠仔跟阿明就越是嘻皮笑臉。

時辰快到，所有人蓄勢待發，十幾個人就有十幾種起跑姿勢。

「跑！」村長宣布起跑。

那一瞬間，立刻有一半的人放棄了繼續把腳往前踩的念頭。

——因為一陣旋風從他們的耳際刮過，化為兩道讓人不可逼視的閃電。

再一眨眼，剩下的一半人也無法繼續前進，呆呆地站在原地。

——他們突然困惑，自己是不是從來都不懂跑步？

一道穿山破雲的疾風。

一道擒鳳追龍的閃電。

圳岸上響起吼聲、叫聲、笑聲、掌聲，拚命為那兩道愉快的影子喝采。

「哈哈，就剩下我們兩個了！」忠仔舉起雙手大笑，像是提前慶祝。

「甩下那些人根本就沒意思。」阿明也吹起口哨，兩手如翼。

忠仔一如往常，比阿明提早踏出一大步，也領先了阿明一大步。

阿明看著忠仔不斷上下飛馳的身影，懷疑忠仔的奔跑其實根本是大步跳躍。而忠仔聽著阿明重重踏在地上的腳擊聲，非常納悶阿明到底是在跑，還是在摧殘這片大地？

一快，一更快。

快又更快。

兩人幾乎就要衝抵終點，卻一點疲累感也沒有。

忠仔聽見背後傳來的腳擊聲越來越大，越來越逼近，暗感壓力。

「忠仔，我知道你跟小秋在一起了。」阿明突然說。

忠仔震驚不已，但腳下可沒緩下來。

阿明頑皮一笑，說：「小秋是個好女孩，非得嫁給英雄不可。」

「……」

「所以，跑贏神的任務就交給你啦！」

阿明一說完便停住，任忠仔一個人大步跨越象徵終點的青色鎮圳石。整個二八水村的如雷喝采，直衝上天際。

青石為界，忠仔面紅耳赤看著他的摯友，而阿明嘴角上揚回應。

「我一定會帶給小秋……」忠仔結巴。

「知道了，你一定辦得到。」阿明扠腰，伸出拳頭。

兩拳輕輕相擊。

觸動了命運的滾動聲。

11

黃昏，小秋跟忠仔牽手漫步在即將完工的八堡圳上。

明天就要跑引水了，這兩天忠仔都在跟阿明練習快跑，研究怎麼在水深及腳踝的狀態下

維持速度。小秋靜靜坐在旁邊看，越看就越是擔心。

小秋當然明白忠仔的決意，卻無論如何不想忠仔冒此奇險。

等到水閘一開，現在乾涸的地上就會漲滿湍急的濁水，帶來滋養大地的生命力。但那些洶湧而上的水，也將吞噬……

「忠仔，我有件事想跟你說，你聽了別生氣。」小秋低著頭，心裡很慌。

「喔，如果是跑水的事……我已經決定啦！」忠仔笑嘻嘻地說：「妳沒聽說今天大家圍在圳邊又叫又跳的場面嗎？」

看了忠仔的笑臉，小秋難受地說：「你不必為了那些錢下去，我們可以什麼都從頭開始啊，我阿爸也不是那種貪圖聘禮的人……」

只見忠仔一改平日的嘻皮笑臉，正經說道：「小秋，我很快，這世上除了阿明以外，沒有人可以跟得上我。如果我不跑水，這個村子我還待得下去嗎？我也想抬頭挺胸。」

「……」小秋默然無語。

忠仔捨不得看小秋擔心受怕的模樣，說：「小秋，這個村子裡的人都對我很好，我也想有所回報……但不是用我的命，而是用我的腿。」

微風輕輕吹拂小秋的髮絲，一切的意義就在這個畫面。

小秋看著他堅定的眼神，忠仔咧開嘴，笑說：「我一定會將大水馴服，然後平安回到妳身邊。」

感受擁在懷裡的小秋，忠仔看著偉大的落日。

阿明一定很羨慕自己可以跟神競技吧。

不過也太便宜他了。自己贏了，也代表阿明贏了。

想到這裡，忠仔不禁又笑了起來。

12

送小秋回家做晚飯後，忠仔踢著石子，還不想回去。

太陽沉了，星星透出夜幕。

一陣清風吹在身上，帶走了一天來的疲倦，卻也讓忠仔多了些思慮。

夜晚還這麼漫長，翻來覆去一定睡不好，忠仔生起想跟阿明說說話的念頭。

「那傢伙真的很夠意思，如果明天自己不幸喪命，便沒有向他道謝的機會了。」忠仔自言自語。

心念這一動，忠仔的腳下忽然一緊。

「！」忠仔還來不及叫，身子便往前傾重重摔倒在地。

他還不清楚發生了什麼事，視線整個急速顛倒過來。

等到頭暈目眩的忠仔明白自己正倒吊在樹上，這才知道中了繩套陷阱，像隻待宰的雞給提了起來。

而埋伏在自己每天必經的路上、設下惡毒陷阱的人，正是……

「再跑啊。」

阿冠跟兩個遊手好閒的無賴從大樹後的草叢裡走了出來。

他那見獵心喜的眼神，看得忠仔心中發冷。

「觀察了你好幾天，你跑得還真是快啊，出足了風頭，難怪口氣那麼大。」阿冠手裡拿著一塊石頭，心懷不善地拋著，說：「這也就算了，最讓我難以忍受的是，小秋竟然偷偷跟你這個窮光蛋在一起？」

「我跟小秋要好，誰不知道！」忠仔硬氣道：「你自己不先打聽。」

阿冠怒火中燒，摔出手中石頭，正中忠仔搖搖晃晃的身體。

忠仔咬著牙不發出一點聲音，但這樣只有更激怒阿冠。

阿冠跟兩個跟班無賴拿起預備好的石頭，繼續猛砸在忠仔身上，幾個悶響，一下子就將忠仔砸了個鮮血淋漓。

「有什麼事，等我替村子跑完水再說！」忠仔鼻血倒灌，嗆得厲害。

「替、村、子？」阿冠冷笑：「說得好像沒有你真的不行啊。」

又是一塊石頭砸在忠仔的小腹，痛得忠仔想吐。

「跑水不是我一個人的事，你不要太自私！」忠仔奮力掙扎。

一個無賴面無表情走上前，一腳往忠仔的臉踢了下去，差點就這麼踢昏了他。

「自私？我當然是不敢自私的，但如果是你自己不小心在跑水前一天晚上摔跤傷了腳，那就怨不了人。」阿冠拿著粗大的石塊，走到忠仔面前，威嚇似地敲敲忠仔的鼻子。

忠仔瞪大眼睛。

這一刻，阿冠聽見了自己胸口劇烈的心跳聲。

那天忠仔當眾給他難看，讓他終日忿忿難平，寢食不安。現在只要忠仔像狗一樣低聲下氣哀求自己，那事情……那事情便好辦。

如果忠仔繼續嘴硬，那也怪不了他！

「你是讀書人吧？書裡難道沒教你君子跟小人的差別嗎？」忠仔瞪著阿冠。

阿冠發狂，高高舉起粗大石頭：「這是你自作自受！」

當石頭落下的時候，忠仔痛暈過去。

他最後聽見的聲音，是夢想被重重擊碎的毛骨悚然。

13

不是痛醒的。

身上厚重的露水凍醒了忠仔。

一睜眼，他不由自主發出含糊的呻吟，嘴角乾掉的血漬裂開，刺痛了半邊臉。

「……」還在遭襲的大樹下，至少沒有被丟進山谷裡。

忠仔想起身，卻驚覺右腳膝蓋除了難以忍受的劇痛，完全沒有第二種感覺。

大概是立刻掉下了眼淚，這是他最忠實也是唯一的反應。忠仔想挪動身體，卻像有一百萬隻螞蟻瘋狂咬噬著他的膝蓋，痛得他立刻彎曲身子，滿載的眼淚與鼻涕斜斜爬了半張臉。

不用說跑了，連好好站著都有問題。

忠仔勉強滾動身體，上半身靠著大樹，就著稀疏的月光檢視疼痛的膝蓋。

雖然骨頭沒有整個被敲碎，但筋骨發腫如一個饅頭大，至少得休養好幾個月。

「該怎麼辦？」忠仔腦子一片煞白。

哪來的好幾個月？

忠仔伏在膝上，憤怒的火焰從傷腫的膝蓋蔓延，燒殺著他懊悔不已的靈魂。

很快憤怒便褪去，留下不由自主的顫抖。

忠仔完全不知道該怎麼辦，唯一有反應的，是不斷從眼中湧出的鹹鹹淚水。

原以為自己已經長大，卻在這一刻驚醒自己還是如孩子般茫然失措。

滿山滿谷的蛙鳴聲匯成洶湧的海浪，一波一濤從四面八方向忠仔襲打，將忠仔困在這個世界上最孤單無助的地方。淚水滴落在膝蓋上，滲進那傷腫的皮膚底，卻無法治癒那如烈火般的痛苦。

夜已深透，黑天的最遠方隱約透出一點湛藍。

雞鳴破曉，便是八堡圳開閘跑水之時。

撐破天際的掌聲已遠去。

歡動山谷的喝采也遠去。

忠仔不敢閉上眼睛。

因為一闔眼，就會看到小秋站在圳邊，看著自己被大水吞沒傷心大哭的表情。

一個人在信仰上最虔誠的時候，往往就是山窮水盡、無路可退的絕境。

忠仔匍匐在地，用五體投地的姿勢沿著濕漉漉的小路，朝小小的路邊土地公廟前進。直到忠仔艱辛爬抵小廟的時候，雙肘已磨出無數道沾滿土屑的血痕。

木刻的土地公如同以往，慈藹地看著前來求事的信徒。

「土地公，神仙都有法力的不是嗎?弟子忠仔想懇求您，賜給我一雙完好無缺的腳。求求您，求您求您……」忠仔淚流滿面，不停磕頭、磕頭、磕頭。

不知道磕求了多久，忠仔仍只是重複著相同的話。

如果這世上真的有公義，就不該讓這麼惡質的事發生。

如果這世上真的有神明，就該給他一雙好腿跑出幸福。

忠仔的額頭迸出濃烈的鮮血，終於不支昏倒在廟前。

「來了。」

一雙腳高高落下。

那人脫下衣服，蓋在忠仔的身上。

眼中，閃耀著光芒。

14

不是金戈鐵馬的大戰場，不是鬼哭神號的大決戰。

這裡沒有震古鑠今的大歷史。

只有一個小小村莊，螻蟻般艱辛完成的大工程。

天未亮，風已起。

圳道兩旁擠滿了人。

不只是二八水村，鄰近十幾個合作趕築旁支渠道的村莊人們也聞風而來，萬頭攢動，個個拚了命地大吼大叫，與其說打氣，不若說是提前慶祝。

「忠仔！待會使勁跑啊！」

「整個八堡圳都靠你啦！你那兩條腿可是開了光的啊！」

「讓這條河見識一下，這『快』字怎麼寫！」

「一定要快到飛了起來啊！」

「活著上來！活著當我們的英雄！」

只見萬眾矚目的引水人穿著蓑衣，頭綁紅巾，頭低低地跪在八堡圳圳道裡，一言不發，似在祈禱，又像在沉思。半點都不像平常的「忠仔」。

他的額頭抵著圳底，似在親吻大地。

雙手輕輕地貼著，宛若進入高貴的冥想。

阿冠心虛地看著這一幕，胸口有股難挨的悶，嘴上卻兀自喃喃自語：「他是自作自受……他是自作自受……像他那種人不配躺棺材，讓水沖走是天意……」

小秋在圳邊雙手合十祈禱，看到圳底沉默不語的「忠仔」，可是滿心的害怕。她東張西望就是看不到阿明，忍不住抱怨：「如果阿明可以跟我說說話就好了，他到底跑到哪裡去了？難道在這個節骨眼上，竟然在生忠仔的氣……不，不會的，阿明一定在某個地方幫忠仔祈福吧……」

引領整個造圳工程的林先生獨自坐在一旁，看著象徵終點的青色鎮圳石，又看看垂首跪在地上的「忠仔」，若有所思。

十幾個赤裸上身的鼓者站在終點，高高舉起鼓棒，等待擇日師的動作。

村長檢視兩串長龍似的紅色鞭炮。

當第一串鞭炮點燃時，引水者便發力飛奔。

當第二串鞭炮接著點燃，水閘就會打開，大水將用可怕的速度追捕引水者。

擇日師看著深藍的天空，所有人屏息。

第一道陽光破雲而出，激動了全村所有人。

「時辰到！」擇日師大聲。

十幾個鼓者同時敲下，豪邁的鼓聲震醒了大地。

村長一擦火摺子，點燃長串的鞭炮。

第一聲炮響還沒傳到眾人耳裡，引水者已如箭衝出！

這一跑，小秋獃住了。

所有二八水村的村人，也全都獃住了。

這姿勢，這氣勢，可不是那個快跑如風的忠仔……

而是平地奔雷的阿明啊！

「這是怎麼回事！」阿冠面如土色。

從四面八方趕到的加油者並不清楚兩跑者的不同，震天價響的加油聲立刻淹沒了整個賽場。

傳說果然不同凡響，且瞧那圳底下的人影……那是何等驚人的速度！

不絕於耳的爆竹聲中，阿明昂然向前飛奔，每一步都重重地踩擊在大地上，每一踩，彷彿就從大地深處得到泉湧不止的力量，將他的身影往前狂推。

跑！

跑！

這是何等的跑！

幾乎連眼睛都快跟不上！

圳邊綿延數公里的人群爆起瘋狂的呼聲。

小秋又驚又喜。

驚的是，原本應允下場的忠仔怎麼不見了？

喜的是，阿明真的好快，好像真的能夠勝過可怕的河神！

「……」底下的阿明奮力跑著，卻覺得四周的景色好像不怎麼動過。

那些喝采聲是怎麼回事？難道我跑得很好嗎？

真古怪，今天的腳力明明就跟平常一樣，怎跑起來就是有點不對勁？

阿明越跑越快，來自圳上的喝采就越響越壯，但阿明的心裡卻越來越驚。

怎麼回事……腳力很好，體力也好，但就是無法跟平常的速度相提並論啊！

此時，圍觀在圳邊的擁擠村民突然一陣騷動，慢慢讓出一條路來。

一雙沾滿砂石的傷手搭著小秋的肩膀，紊亂的鼻息吹動她的髮。
「忠仔！」小秋轉頭，驚呼。
渾身是傷的忠仔踉蹌出現，正想勉強靠著小秋站好，卻還是單腳跪下。
「怎麼回事！」小秋六神無主，四周的村民也湧了上來。
忠仔沒有多做解釋，只是焦慮地看著圳底下那道快影。

那道，不能稱之為快的快影……

「為什麼……」忠仔難以置信。
「忠仔，你快告訴我發生了什麼事！」小秋蹲了下來，快要哭了。
「現在說什麼都不重要。」忠仔握緊拳頭。
拳頭，緊繃到幾乎滲出血。
在土地公廟昏迷時朦朦朧朧聽到的那句話，果然不是做夢，阿明竟真的穿上蓑衣，綁上紅巾代替自己下場冒險競神。忠仔熱淚盈眶，心臟跳得厲害。
不過要感謝這小子，也得有機會才行。

阿明跟自己不相上下的厲害，現在為什麼跑得比平常還慢？

即使是從上面高高往下看，忠仔的感覺還是錯不了。

表面上很快，但阿明的腳步缺乏平日的果斷與霸道，有些言不由衷的凌亂。

這種有別於速度上的心理差異，只有與彼此腳鬥過無數回的競爭對手才察覺得出來。可怕的是，這種差異也逐漸往下滲透到腳，往上滲透到阿明的表情。

「不可能吧，我竟然慢下來了……」阿明吃驚。

這可是從來就沒有發生過的事。

小秋也察覺了，所有觀賽的人也都察覺了。

阿明的雙腳像是失去魅力，漸漸被眾人的視線捕獲。

「那小子現在一定很慌啊！」忠仔咬牙。

此時，第一串鞭炮炸到尾聲，短暫的空檔讓全場安靜下來。

村長拿起第二串如長龍般的大鞭炮，神色凝重地擦起火摺子。

致命的鞭炮點燃，連結濁水溪與八堡圳的閘門赫然打開。

轟！

按捺已久的溪水一鼓作氣大爆發，夾帶著滾石、泥沙，與桀驁不馴的霸氣，就連平日強悍地活在溪裡的魚蝦，都被這一股突然改道的衝擊力翻滾得頭昏眼花，有的還直接給拋摔出水面，再落下時已粉身碎骨。

隆隆
隆隆
隆隆
隆隆
隆隆
隆隆

八堡圳的主幹工程繁浩，圳面比支圳開闊十倍，令出閘的狂水氣勢懾人百倍。黑色的濁水溪可比一條巨大魔龍，溪水暴擊圳底發出的隆隆聲令鞭炮聲、加油聲、祈禱聲、鼓聲都失去了存在。

「我不是整整先跑了一串鞭炮嗎？怎麼後面的水聲那麼大？」阿明心一慌。腳步也慌了。

從背後快速追上的巨大水聲越來越近，這可不是平日的遊戲！

就在此時，阿明下了一個最錯誤的判斷。

他忍不住往回看。

……那是平常的溪水嗎？
八堡圳受得了這股山洪嗎？
呼。
毫無僥倖，今天會死在這裡。

阿明閉上眼睛，原本不知為何慢下來的腳步，又更慢了。

阿母，對不起，我書讀不下去，跑也跑不好……養育之恩只能來世再報。
小秋應該被大水嚇得說不出話來吧？希望她勇敢睜著眼睛，陪我看到最後。
忠仔還在睡嗎？希望他醒來後不要太歉疚。因為倒過來，忠仔也會這麼做。
祝你們永遠幸福，在這片土地上安身立命，世世代代……

兇悍的洪水，在圳底狂捲翻滾了起來。
阿明的腳步已失去了光彩。
圳上圍觀的人群個個面如土色，雙腳竟不由自主顫抖。
這景象只消見過那麼一眼，便足以做一輩子的惡夢。

「是男子漢的話，就活著來喝我的喜酒！」

阿明陡然睜眼。

這句話不知怎地穿透了隆隆的洪流聲，只見一道黑影遠遠從高處飛奔躍入圳底，朝著信心潰堤、氣力放盡的阿明大吼。

那背影，很熟悉。

一拳用力搗向劇痛的膝蓋，忠仔奮力嘶吼：「阿明！追上我！」

這一拳打醒了膝蓋的靈魂，腳趾往下輕輕一勾。

遠遠的，那背影開始動。

「真慢。」

阿明笑了出來。

原來是這麼回事。

習慣了盯著忠仔的背影跑步，一個人果然還是太寂寞了。

阿明大笑，左腳飽滿張力。

一踏！

所有人都呆晌了一下。
連恣意張牙舞爪的大水幾乎也怔了一下。
阿明離奇消失了。

所有人的頭不由自主往旁一偏。

不，不是消失了，阿明只是重重一踏，便箭出一丈之外。
一道復活的閃電蹬蹬蹬蹬蹬蹬蹂躪著大地，與張大嘴巴的大水拉開距離。

「還要更快！」忠仔蒸騰大汗，奮力跑著。
膝蓋裡有一股烈火在燒著，每一次踏地便湧上讓人發瘋的椎心之痛。

但現在沒時間發瘋啦！

「擊敗河神！」忠仔雙手朝臉頰用力一拍，十隻手指紅通通烙印在上。幾乎是伴隨膝蓋碎掉的聲音，腳底刮起一陣無法再更快的風。

「活著上去！」阿明看著忠仔越來越快的背影，熱血上湧。每一踏步都釘穿了大地，豪邁，自信，那是一種奮力求生的剛強。越來越快！

突然被擺脫在後的大水赫然暴吼，像是惱羞成怒般咆哮著，比野獸還要野獸。風與雷並肩作戰，散發出一股勇敢的英氣。

兩個男孩與水戰鬥的畫面感動了圳邊圍觀的人，加油的吼聲催動了大鼓奔騰的聲浪，一齊將大水的隆隆聲壓了下去。

幾個身上綁著粗繩的壯丁站在鎮圳石後，展開雙臂大叫，等待將兩個英雄抱上水面。他們目光如炬，岸上拉繩的人更是齊聲吆喝。

「最後會是誰勝呢？」林先生嗑著瓜子。

「兩個都要活下來。」小秋跪在地上。

終於，忠仔聽見了熟悉的，總是充滿威脅性的雷擊聲。

那是這個世界上最刺耳的天籟。

「這是我們跑得最快的一次。」忠仔咧開嘴。

「那還用說。」阿明也忍不住笑了。

大水逼近兩人時戲劇性高高拔起，猶如一張悲憤的黑色巨嘴。

呀呼！

兩道身影輕輕越過了鎮圳石的瞬間，壯丁一擁而上，將他們牢牢抱住。

大水落下，覆蓋住眼界所及的畫面。

勝利的鼓聲直震沖天，八堡圳上的萬人落下感動的淚水。

沒有人說得出話，他們的喉嚨同樣哽塞著淚塊。

那是大家的勝利，歷經一次又一次的失敗，這次終於齊心合力征服了這片狂野的土地，淚水變成汗水，荒原即將變成一望無際的良田吧。

從今以後，這片土地將孕育出無數平凡，但喜樂的小故事……

林先生看著繩索拉出水面，兩個累垮的孩子緊緊握住對方的樣子，莞爾不已。

只見濁水溪像是洩了氣，無可奈何地從鎮圳石後方分流，向十幾條通往其他村落的八堡分圳緩緩流去。

如果真有河神，此刻大概也心服口服，由衷向跑贏他的兩名對手致敬吧。

「我的腳好起來後，不曉得能不能跑得跟現在一樣快？」忠仔吐出一口水。

水裡有條嚇壞了的小魚，活蹦亂跳。

「不重要了啦。」

阿明打了個嚇人的大噴嚏，哈哈笑：「你不跑，我也不跑啦。」

小秋抱著他們倆，抽抽咽咽，又哭又笑。

多年後，好多好多年後。

稻穗上飽滿了甜美的金黃，在陽光下同樣耀眼。

一陣風掃過了稻田，划過圳上的濁水。

依稀，兩道比神還快的身影掠過水面。

仔細聽，還有無數爽朗的笑聲。

作者感想

現在是二〇一四年六月十日，下午四點半，我在北京開電影「功夫」的籌備會議，會議太無聊了，太多成本數字，極端科學，所以我打開電腦假裝抄抄會議筆記，實際上則是……嗯嗯！因此這本短篇小說集不只有了序，還多了篇作者感想。

首先！這次的短篇小說集風格特別雜亂，所以排列順序上刻意沒有歸類，也沒有依照創作時間做排列，而是放任不同品種的故事座落在書裡，每個故事的面貌不同，卻又緊緊靠在一塊，反正都是九把刀流。

〈願望〉是好幾年前發表在中國時報上的中短篇，寫的是我自己都無法達到的心境。老實說神燈精靈出現在我面前，我一定有一百多個願望要許，才不會假惺惺在那邊說我很滿足了請你自己去一邊玩沙喔謝謝，不過啊，創作這種事，常常是用想像力去接近自己無法成就的境界，在接近的過程中，自己也慢慢懂了一點「好像很有道理的事」。其實我一直都很滿足我所擁有的，也不太抱怨什麼，只是，這個世界上還是有很多以我的力量無法完成的事，比如，嗯……看看那滿山滿谷被遺棄的流浪狗，看看那些被一千種考試與一萬種校園霸凌的學生。我想我還是需要神燈精靈的。

〈相親〉是在我媽媽治療白血病的時候，我在病床邊寫下的，當時我的前女友正在跟我談分手，分分合合了好幾次，我心力交瘁，卻也開始反省自己在這場愛情裡是不是一個很差勁的人，才會讓這麼好的一個女孩選擇了別人。我的個性有一些部分，也可以說是壞習慣吧，根深蒂固了，比如沒耐性，比如吃飯時喜歡看報紙，比如喜歡看A片等等，我覺得有時候說一些：「請原諒我！我會改！」之類的話去挽救愛情，一點都不真誠，因為有些壞毛病你就是改不了，有些壞毛病就是代表你自己。有時候，我們得承認自己只是在等待一個願意包容這些壞毛病的救世主出現吧。反正愛情我有太多不懂的東西了，就是藉著創作胡亂反省一通。

我超級喜歡〈朋友不吃朋友的大便〉這一篇，我自以為是我的超級傑作。與其說這個會吃掉朋友的外星人暴仔很可怕，不如說，一直在利用牠的小男孩很可惡，小男孩就是很多很多那種充滿心機、不斷用友情壓榨朋友、逼令朋友毫無保留對其付出的王八蛋。你我的身邊一定都有這樣的人。而暴仔為了培養食慾的忍辱負重，我一直超級激賞，無限期推薦大家，這種在關鍵時刻毫不留情對壞朋友反擊的心理素質啊！

〈那年夏天的玉米怪〉的出現，是因為我很喜歡大聯盟一個退休的超級投手，蘭迪強森，他很強，球速超快，人又高大，感覺好像擁有一條外星人的手臂開外掛似的霸凌地球人，於是誕生了這一篇奇想。故事裡，我尤其鍾愛爸爸因為全身塗抹玉米怪的精液感到非常憤怒的橋段。我很喜歡胡謅外星人的故事，以後這一類的故事我都會丟給「上課不要系列」的王大明去探索。

〈刺青師 Ken〉這一篇也是在我媽媽生病期間寫的，後來某天在社會新聞中看到類似的報導，我嚇了一跳，原來這麼誇張的事也可以真的發生。當然我是在寫關於霸凌者的報應，但是，很不幸的，寫著寫著，我覺得欺負別人的人心靈當然很扭曲，但一直被欺負的人，心靈也會慢慢變得很扭曲，這種雙重扭曲是一種不幸的互相螺旋。如何解開這個不幸的雙螺旋，我不知道，但我寫到刺青師 Ken 拿起橡皮筋要彈下去的時候，還是忍不住快樂地笑了。

愛情裡有很多矛盾。用邏輯去思考愛情一直是最笨的，用邏輯的方式去思索愛情本身就違反邏輯。有時候我們想尋找一個跟自己相似的人談一場安全的戀愛，有時我們又渴望跟自己完全不同的人帶來冒險的感覺，有時，愛情是一種不知不覺養成的依賴，一種莫名被愛的習慣。於是有了〈星期三〉。

這幾年來台灣一直在爭議「廢除死刑與否」，每當有重大刑案發生，這個議題就會再沸騰一次。關於廢死與否我從有強烈定論，慢慢有了更多思考上的改變，我願意花更多創作去內化我的想法。不過，有一點是不變的，那就是「犯法者不僅要被教育，還得被懲罰」，至於何謂懲罰……我覺得犯罪者不痛不癢不怕不鳥的東西，就不能稱之為懲罰，反之，能讓犯罪者或潛在犯罪者心生畏懼的制度，才能算數吧。不過我寫〈我媽媽都會替我解決〉這一篇，不是要探討死刑啦，而是想說，很多犯罪者的誕生，並不是來自一個所謂資源缺乏的破碎家庭，而是怪獸家長，或過度寵溺，或以金錢餵養取代用愛教育，這些奇形怪狀的家長要負最大責任吧，不要老是推給社會。每次有人在這個社會上暴走殺人，就要逼著大家集體反省說「唉，某某犯了罪，你我也推了一把」，是啦！我們的社會毛病是一堆，但那些怪獸家長可不可以去角落面壁懺悔先啊！

關於自閉症並不是我想在〈明天星期幾〉裡討論的，我只是取樣了一些關於自閉症的神秘特質，例如某些自閉症者數學奇好、記憶絕佳之類的才能，電影「雨人」就有描述，而我則是將數學奇好這一點做了一個翻轉，該自閉兒能夠知道某天是星期幾，其實不是他的曆法運算能力超強，而是他根本就可以用超能力看見實際上存在的那一天的日曆。所以啦，不存在的東西，當然是完全看不見的……

我為了描述「性」的重要，用了一整個世界末日彰顯它。〈核彈後戀人〉一點都不是寓言，而是超級寫實。真的，在地球毀滅之後如果你僥倖活了下來，遇到一個充滿慾望的女人，萬一你正好少了一條老二，對不起，世界末日還是世界末日，沒有任何改變，沒有任何救贖，謝謝對不起再見。那些高貴的特質，比如愛啊、比如勇氣啦、比如謙虛啦，通通都隨著核子彈高聳的香菇雲炸上雲霄了。

我幾乎是不寫鬼故事的。寫了七十三本書，沒有一本稱得上是鬼故事，稍微的例外應該是「上課不要系列」的一點點篇幅。我什麼故事都寫，難道區區的鬼故事我寫不出來嗎！真正的原因就是，我很怕鬼，所以不想在自己的獨處時間裡虐待自己。〈不要回頭〉是個異數中的異數。小孩子為了獲得大人的關心、讚美與愛，願意做出任何的事。說謊就是其中之一。〈不要回頭〉是我非常喜歡的鬼故事，充滿小孩子單純而邪惡的人性，也反射出那些恐嚇別人維生的大人們也一直在說謊，最後通通被謊言反噬。總有一天它會被拍成電影吧，但不會是我當導演，因為我超級怕鬼的啊！

攝影師阿賢，周宜賢，跟我一起合作「那些年，我們一起追的女孩」，今年也要一起拍「功夫」。阿賢有一條很神奇的陰莖，跟一個很神奇的女朋友，因此〈嘴巴裡的世界末日〉完全沒有寓意，百分之百根據真實事件改編，所以請大家放心，如果有一天世界末日來了，阿賢一定會用他神奇的陰莖拯救大家的！

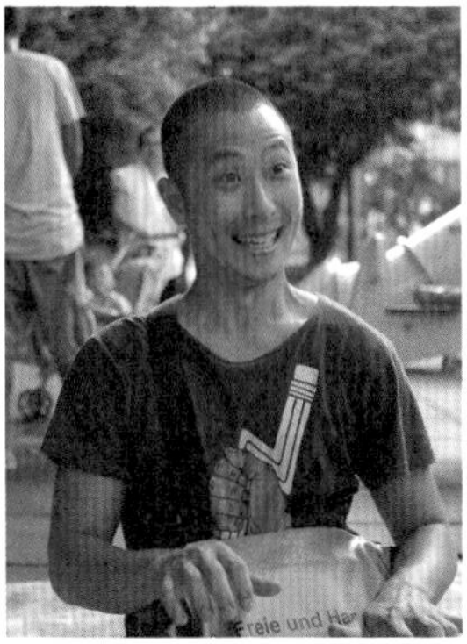

攝影師阿賢，周宜賢

〈誠實麥克風〉一旦發明出來，絕對會是所有政客的夢魘，嗯，同時也是所有人類的夢魘。誠實是一種美德無誤，但誠實如果是人一開口唯一能選擇的價值，那就不是一種「選擇」了，我想人類自己恐怕也無法承受後果，一定會翻天覆地。故事裡最矯情的隱藏劇情是，當群眾為明星的誠實而失望，為政客的誠實而發狂，但那一些群眾自己如果拿到誠實麥克風，我猜想也不會是什麼太美好的內心話會衝口而出吧。誠實這個美德，通常都是拿來檢視別人用的，而不是拿來要求自己，光是這一點我就覺得很虛偽啊！〈誠實麥克風〉真是人類最沒有資格也最不想擁有的聖物吧。

當我在彰化二水鄉服替代役的時候，發現二水有一個很神奇的古老民俗，就叫「跑引水」，我翻閱鄉誌，訪問地方耆老後，將這個實際存在的風土民俗寫成了〈跑水〉這篇小說。我太喜歡這個故事了，三個一起長大的少年少女，用堅強的意志力對抗著貧瘠的土地與艱困的命運，最後攜手突破。這種熱血沸騰的故事完全就是我的神之守備，寫到我熱淚盈眶啊！

我覺得描寫兩種截然不同的奔跑方式非常有挑戰性，需要很精準的畫面感去排列文字的節奏，一切一切，都希望寫出一種「人飛心也飛」的文字律動感。我很喜歡跑水，這個故事也是我跟二水鄉一段緣分的聯繫。

至於序……嗯，我想說，寫了都寫了，放一下也不錯，增加書本厚度，也散發一些正面能量，平衡一下〈嘴巴裡的世界末日〉散發出來的崩潰技能，畢竟人性上的好的壞的亂七八糟的我通通都有，都是我的一部分。也都是，創作的一部分。混雜的人生體驗與矛盾衝突的價值才能誕生出奇行種創作者吧。

好啦，我要去拍「功夫」啦！

「功夫」真的會很好看喔！

此時此刻我的身邊聚集了一大堆非常厲害的電影夥伴，每個人都擁有爆炸強的專業技能，為了讓我完全沒有遺憾，不唬爛，光是劇本我就改了一百一十幾次啊！

大家可以先恨我，但拍完「功夫」後我一定會好好寫小說啦！

九把刀

已毒不悔 / 九把刀著. -- 初版
-- 臺北市：春天出版國際, 2014.07
面； 公分. --（九把刀電影院；18）
ISBN 978-986-5706-26-5（平裝）
857.7 103012604
國家圖書館出版品預行編目資料

已毒不悔

九把刀電影院 18

作　　者◎九把刀
作家經紀活動洽詢◎群星瑞智藝能有限公司（02-55565900）
總 編 輯◎莊宜勳
主　　編◎鍾靈
內頁插圖◎查理宛豬（願望）、綬綬 / Lento（相親）
Blaze Wu（朋友不吃朋友的大便）
韋蒨蓉（那年夏天的玉米怪）
阿梁（刺青師Ken）、sophie library（星期三）
九把刀（我媽媽都會替我解決、誠實麥克風）
子健（明天星期幾）、固米克斯（核彈後戀人）
Fishsun（不要回頭）、蔡美保（嘴巴裡的世界末日）
楊鈺琦（跑水）
封面設計◎克里斯
排　　版◎三石設計

出 版 者◎春天出版國際文化有限公司
地　　址◎台北市信義路四段 458 號 3 樓
電　　話◎02-7718-0898
傳　　眞◎02-7718-2388
E-mail　◎frank.spring@msa.hinet.net
網　　址◎http://www.bookspring.com.tw
部 落 格◎http://blog.pixnet.net/bookspring
郵政帳號◎19705538
戶　　名◎春天出版國際文化有限公司
法律顧問◎蕭顯忠律師事務所
出版日期◎二〇一四年七月初版
二〇一四年八月初版三十七刷
定　　價◎399元

總 經 銷◎楨德圖書事業有限公司
地　　址◎新北市新店區寶興路45巷6弄6號5樓
電　　話◎02-8919-3186
傳　　眞◎02-8914-5524

ISBN 978-986-5706-26-5
Printed in Taiwan